ENTRE LINHAS AVENTURA

Lino de Albergaria

Chá das cinco

Ilustrações: Filipe Rocha

1ª edição
Conforme a nova ortografia

Atual Editora

Série Entre Linhas

Gerente editorial executivo • Rogério Carlos Gastaldo de Oliveira
Editora • Kandy Saraiva
Assistentes editoriais • Laura Vecchioli, Flávia Zambon, Andréa Der Bedrosian e Ana Luiza Candido
Auxiliar editorial • Patrícia Pellison
Coordenação e produção editorial • Todotipo Editorial
Revisão de texto • Giovana Bomentre, Isadora Prospero
Preparação de texto • Ana Luiza Candido
Produtor editorial • Elcyr Oliveira

Diagramação • Elis Nunes
Produtora gráfica • Liliane Cristina Gomes
Projeto gráfico (miolo e capa) • Homem de Melo & Troia Design
Impressão e acabamento • Gráfica Paym

Suplemento de leitura e projeto de trabalho interdisciplinar • Fabiana Camargo Pellegrini

Dados Internacionais de Catalogação na Publicação (CIP)

(Câmara Brasileira do Livro, SP, Brasil)

A288
1. ed. Albergaria, Lino de
Chá das cinco / Lino de Albergaria; ilustrado por Filipe Rocha. 1.ed. - São Paulo: Atual, 2015. - (Coleção Entrelinhas)

ISBN 978-85-357-1976-5

1. Literatura infantojuvenil. 2. Ficção. I. Rocha, Filipe. II. Título.

CDD-028.5

Índice para catálogo sistemático:

1. Ficção : Literatura infantojuvenil 028.5

1ª tiragem, 2015

SARAIVA Educação Ltda.
Rua Henrique Schaumann, 270 – Pinheiros
05413-010 – São Paulo – SP

SAC | 0800 - 0117875
De 2ª a 6ª, das 8h30 às 19h30
www.editorasaraiva.com.br/contato

820641.001.001

Para Laura Vecchioli do Prado

Lista de personagens

Dolores Del Mar (dona Dolores ou Dodô) – diretora da escola
Jáider Ulisses (Jadico) – aluno e irmão de Lucas Lauro
Lucas Lauro – aluno e irmão de Jáider Ulisses
Gumercindo – motorista do ônibus escolar
Nina Diane (Nini) – aluna
Íris – aluna
Sônia Regina (Naná) – aluna
Zara (Zazá) – aluna e irmã de Gisele
Gisele (Gigi) – aluna e irmã de Zara
Nicolau (Niquinho) – aluno
Eustáquio (Taquinho) – aluno
Úrsula – aluna e irmã gêmea de Paulo Sérgio
Paulo Sérgio (Pimba) – aluno e irmão gêmeo de Úrsula
Carlos Bruno (Cacau) – aluno
Charles – aluno
Corvo
Priscila Vetusta (Prisca) – antiquária
Griselda Gadelha (Gris) – convidada de Priscila
Aldana Alvina (Alda) – convidada de Priscila
Maximiliana Monte (Max) – convidada de Priscila
Gudesteu – mordomo de Priscila
Madame Marguerite – francesa, avó de Jean-Jacques e Marie-Valérie
Jean-Jacques – neto de Marguerite e primo de Marie-Valérie
Marie-Valérie – neta de Marguerite e prima de Jean-Jacques
Ranulfo – feiticeiro
Lebres
Tartarugas

– Como pude fazer uma confusão dessas?

Dona Dolores ficou bastante agitada na frente dos treze alunos que a olhavam sem entender por que, em um só instante, ela havia mudado seu comportamento, até então absolutamente normal.

É que, procurando seus óculos, encontrara no fundo da bolsa o convite para um chá na loja de antiguidades que a deixava tão curiosa. Tinha ficado com muita vontade de comparecer, pois o lugar era fascinante, com todos aqueles móveis e objetos surpreendentes.

Para a mesma tarde, a diretora prometera àquela turma animadíssima uma atividade fora do horário das aulas. Tratava-se de um passeio pelo Jardim das Margaridas, não muito longe da escola.

Iriam a pé, numa caminhada leve, sobretudo porque os meninos queriam fazer mais uma excursão. Alguns, como os irmãos Jáider Ulisses – mais conhecido como Jadico – e Lucas Lauro, achavam que uma volta pelo Jardim das Margaridas não era uma excursão de verdade. Gostavam de dormir fora de casa e de viajar no velho ônibus de seu Gumercindo, como haviam feito nas outras vezes. Aliás, foi o que os dois, praticamente ao mesmo tempo, disseram.

A diretora se surpreendeu com a manifestação de Jadico e de Lucas Lauro. A dupla de bagunceiros vivia provocando o motorista, mas de repente parecia muito interessada em sua presença.

– Ah, vocês estão com saudades do Gumercindo? – Dolores perguntou, ainda segurando, desconsolada, o convite.

– Sim! – gritou primeiro Nina Diane, a Nini.

Logo, dez outras vozes se ouviram, algumas mais entusiasmadas, outras nem tanto.

– Ele bem que podia vir, mesmo a pé! – propôs Íris.

Pelo menos, desta vez, a menina não deveria dar trabalho, já que à noite cada um estaria em sua casa há muito tempo. É que, por ser sonâmbula, ela costumava se levantar da cama em pleno sono.

– Boa ideia! – logo aderiu Sônia Regina, a Naná, que até então estivera calada, concentrada na criação de um vestido imaginário, com uma saia bordada de crisântemos, um tipo de flor que ela descobrira na foto de um calendário. Como seu lápis vermelho estava com a ponta quebrada, ela havia colorido as flores de um roxo muito escuro, quase preto.

Dolores olhou de novo o pedaço de papel em sua mão direita, esboçou um sorriso, e a esperança apareceu em uma voz mais alegre:

– Vocês se importariam se ele fosse no meu lugar?

A maioria das meninas, como as irmãs Zara e Gisele, apelidadas de Zazá e Gigi, e uma parte dos meninos, incluindo Nicolau, o Niquinho, e seu inseparável companheiro Eustáquio, o Taquinho, insistiam que a diretora também fosse. Mas os gêmeos Úrsula e Paulo Sérgio, o Pimba, acharam que a companhia de seu Gumercindo, sozinho, poderia ser mais emocionante. Carlos Bruno, o Cacau, concordou, embora Charles argumentasse que um passeio ao Jardim das Margaridas dificilmente pudesse provocar alguma emoção. Ele era o único que já andara por lá.

Depois de muita discussão, a turma consentiu em ir com Gumercindo, liberando a diretora para o outro compromisso. Só faltava consultar o próprio. Dolores tirou o celular da bolsa, ainda aberta sobre a mesa, e ligou para ele, mas, para a decepção de todos, naquela tarde ele planejara assistir a um jogo de seu time de futebol.

– Calma, pessoal, ele pode mudar de ideia! – Nini falou, já tirando de um dos bolsos o seu celular.

A conversa entre ela e o motorista não foi tão longa quanto a que ele tivera com Dolores. A menina desligou o aparelho, com um ar plenamente vitorioso.

– Ele vai, sim, gente!

• • •

"Eu tenho que correr!", pensou Dolores ao examinar de novo o convite.

Os alunos já tinham partido com Gumercindo, que viera vestido com uma camisa estampada de flores, certamente escolhida a dedo para o local que iria visitar. Mas ela não poderia trocar sua roupa por um traje mais adequado para aquela ocasião especial. Teria de ir assim como estava, com o risco de chegar tarde se não saísse imediatamente. Afinal, o chá das cinco seria bem antes das cinco horas!

Dolores releu com muita atenção o texto impresso num cartão de linho com letras que imitavam manuscritas, recriando a aparência de um estilo antigo de escrever:

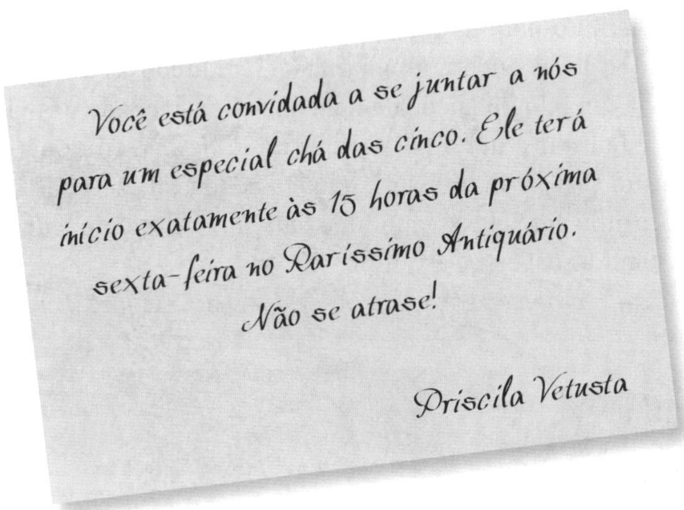
Você está convidada a se juntar a nós
para um especial chá das cinco. Ele terá
início exatamente às 15 horas da próxima
sexta-feira no Raríssimo Antiquário.
Não se atrase!

Priscila Vetusta

Foi só o tempo de passar uma água no rosto e um pente no cabelo. A diretora ajeitou a saia e a blusa, muito comuns. Nem retocou o batom, só agarrou a bolsa, desligando antes o celular. Seria muito deselegante falar ao telefone durante a reunião de Priscila Vetusta. Não conhecia a mulher pessoalmente, mas havia um bom tempo admirava suas vitrines e ainda se arriscava a uma rápida e furtiva visita pelos corredores da loja, repletos de velharias que, para ela, representavam novidades bem atraentes.

Adorava as porcelanas, as estatuetas de marfim, as luminárias, as poltronas de veludo, as bonecas de louça, tudo tão diferente do que ela tinha em casa mas parecendo querer contar sua própria história, provavelmente carregada de mistério. Ah, Dolores amava o mistério que o mundo escondia em certos objetos aparentemente tão inocentes...

Desde criança ela era assim. Sabia que era um gosto herdado do avô, que adorava casos de fantasmas e assombrações que viviam se escondendo em panelas, gavetas, frestas, armários, até em sapatos muito tempo guardados e sem usar.

Seu coração batia mais rápido pela rua. Não só porque caminhava com pressa, mas também por estar quase explodindo de curiosidade. Sempre quisera conhecer melhor a loja para descobrir cada objeto precioso por trás da pesada cortina de brocado estendida logo depois da entrada.

Um minuto para as três, ela conferiu em seu relógio, assim que chegou ao local onde era aguardada. Estranhou as vitrines vazias. Só havia um relógio cuco, além da poeira entranhada nas vidraças.

Ao empurrar a porta para entrar no Raríssimo Antiquário, levou um susto. Um pássaro escuro, que ela achou que só poderia ser um corvo, gritou para ela, escapulindo para fora do relógio como se fosse uma sombra suspeita e esquiva:

– *Croc... croc...* entre agora ou desista para sempre... *croc*!

Abalada com a surpresa, ela tropeçou e caiu de joelhos dentro da loja, enquanto a porta batia com muito barulho atrás dela. Desta vez, as cortinas não estavam fechadas. Ou pelo menos esperaram que a diretora passasse, antes de se cerrarem como a porta, só que de uma maneira inquietantemente silenciosa.

O Jardim das Margaridas era pouco mais do que uma praça de bairro, com um laguinho, meia dúzia de bancos e alguns canteiros monótonos, todos plantados com as mesmas flores, a razão do nome do jardim. Sem dizer nada para não contrariar as expectativas dos colegas, Charles adivinhava a decepção geral assim que a turma chegasse.

Já seu Gumercindo, fora de seu ônibus, não parecia saber se orientar muito bem, especialmente quando bastava uma caminhada. Em algum momento, tomara uma direção errada. O menino consultou suas lembranças e fez o motorista voltar ao ponto em que havia se enganado. Mas, talvez, ele também tivesse se confundido, porque a rua que percorreram a partir dali era muito comprida, bem mais do que deveria ser.

– Estou vendo um jardim! – gritou Cacau, apontando para a esquerda.

Charles tentou avisar que aquele não era o caminho certo, pelo menos disso tinha certeza. A praça devia ficar logo em frente, apesar de estar demorando tanto para aparecer. Mas o guia encarregado de conduzir o batalhão infantil ficou muito empolgado e deu um assobio bem agudo, convocando a garotada:

– Esquerda, volver!

O menino resmungou, sem estar convencido do que deveriam fazer. Acabou seguindo os demais, o último da fila. Achou que ainda não era hora de escutar a música que o homem de camisa florida começava a cantar, logo acompanhado pela voz delicada de Nini e pela altura exagerada do canto de Lucas Lauro e Jadico:

– "Onde está a Margarida?
Olê, olê, olá!
Onde está a Margarida?
Olê, seus cavaleiros!"[1]

Charles só via um mato bem alto, muito capim pedindo para ser cortado no local em que deveria haver canteiros bem cuidados. Quase todos os outros já cantavam, perguntando pelas flores. Mas não iam encontrar margarida alguma. O menino passou a ter certeza da confusão. Foi com alívio que ouviu Taquinho:

– Caminho errado, gente, isso não passa de um matagal.

Todos já hesitavam em continuar, e Gumercindo coçava a cabeça, bastante sem graça. Não conseguia aceitar que estavam perdidos. Então Naná apontou para um lado, onde, acima das hastes do capim, podiam enxergar a cabeça de uma estátua de pedra.

– Gente, vamos lá ver! – ela gritou e foi levando Úrsula e Pimba atrás dela.

Gumercindo achou que deveria ir na frente, pediu para que esperassem e foi afastando o mato com as mãos, abrindo uma trilha para a meninada passar.

Chegaram perto de um lago, bastante grande, mas de águas lodosas. Bem no meio, erguia-se a estátua de um gigante de barbas e cabelos compridos, segurando uma espécie de bacia, da qual escorria água.

Íris tropeçou numa enorme tartaruga de pedra, e o pessoal atrás dela quase foi parar no chão. Naná, sem conseguir falar uma palavra, tentava chamar a atenção de Gigi, ao seu lado. A tartaruga levava uma lebre sobre seu casco, difícil de ver a princípio, pois ambas estavam cobertas de limo, e o animal que estava carregando o outro se movia lentamente em direção à água.

Dolores, com medo de ficar sem os óculos e o celular, foi puxar a bolsa para perto de si e levou outro tombo. Não se lembrou dos degraus que desciam à sua frente e chegou escorregando e caindo ao salão que existia por trás das cortinas de brocado.

Estranhou que, embora o ambiente estivesse muito escuro, a loja aparentasse estar quase vazia, pois, nas poucas vezes em que ela se aventurara ali, vira um acúmulo de prateiras e de outros móveis, repletos dos enfeites mais impensáveis.

Uma coisa que só percebera agora, arrumando a saia e tentando se pôr de pé, foi uma luz colorida se irradiando do alto em fachos avermelhados, azuis e roxos. Originava-se do vitral de uma janela e consistia na única iluminação vinda de fora. Ela de fato não se lembrava de sua existência. Havia, também, velas acesas em um candelabro sobre uma única mesa, proporcionando a dança de suas chamas trêmulas naquele espaço tão sombrio às três horas da tarde.

Aos poucos, seus olhos se acostumaram ao recinto e à sua apresentação totalmente inesperada. Ainda na posição em que caíra, ela admirou a finíssima renda negra da toalha que cobria a mesa retangular. Era tão parecida com uma teia de aranha! Mas havia vultos em torno da mesa, os quais ela distinguia melhor à medida que se erguia do chão.

Quatro mulheres de cabelos brancos olhavam para ela com um misto de pena e reprovação. Usavam chapéus e óculos de aros muito estreitos. Dolores percebeu que todas estavam com luvas semelhantes à toalha.

– Enfim, nossa quinta comensal! – disse a mulher sentada à cabeceira. Só poderia ser Priscila Vetusta, que indicou uma cadeira vazia à recém-chegada.

Depois de verificar que os joelhos ardiam mas não estavam arranhados nem sangravam, a diretora, com todo cuidado, ocupou o lugar.

– Oi, gente! – Dolores logo se arrependeu de seu cumprimento. Não deveria se dirigir àquelas senhoras da mesma maneira como falava aos alunos da escola.

Ouviu várias gargantas sendo raspadas e viu cabeças balançando de forma negativa. Além de sua chegada desastrada, sua primeira fala não agradou às desconhecidas, que pelo menos passaram a ter nomes, graças à iniciativa de Priscila:

– Dolores Del Mar, quero lhe apresentar minhas outras convidadas. Esta é a Griselda Gadelha...

A mulher, com uma enorme cabeleira sob o chapéu, limitou-se a um aceno com a cabeça. Ao seu lado, sentava-se Aldana Alvina, cujas joias reluziam na obscuridade. A última era a mais alta, Maximiliana Monte. Ambas murmuraram qualquer coisa que Dolores não entendeu. Nenhuma lhe dirigiu um sorriso.

"O que eu vim fazer aqui?", Dolores se perguntou, já arrependida de ter trocado a agradável companhia de seus alunos pela tarde com aquelas mulheres estranhas, que não demonstravam ter a menor simpatia por ela.

Mas Priscila pareceu ter lido seus pensamentos pelo que disse em seguida:

– Você está aqui, Dolores Del Mar, para completar as cinco participantes deste chá.

Nesse instante ela entendeu o que significava um chá das cinco às 15 horas! Pois ela talvez estivesse ali só para fazer número... Já não sabia se deveria ter vindo e corrido tanto para chegar a tempo.

Por mais que ela adorasse antiguidades e lugares misteriosos, não estava se sentindo à vontade. Então respirou fundo e examinou melhor a cena. O vitral derramava uma luz embaçada sobre as outras mulheres, que ao mesmo tempo tinham algo parecido e eram bem diferentes entre si. Os vestidos eram escuros, um cinzento, um marrom e outro azul, com modelos e tecidos quase iguais. A única de preto era a anfitriã, que usava uma maquiagem tão branca quanto as outras.

Nada havia sobre a mesa, além do candelabro de prata com suas sete velas de um vermelho bem escuro e de um sininho também de prata, ao lado de Priscila Vetusta. Um sininho que não demorou a ser tocado.

Em seguida, ouviu-se uma música vinda de algum lugar, um som de órgão, abafado e melancólico, que provocou calafrios ao longo da espinha da diretora. Dali a pouco, um homem calvo e extremamente magro surgiu, empurrando um carrinho de chá. Usava casaca preta e luvas brancas.

Dolores se encantou com as louças, pois nunca tinha visto nada igual. Cada mulher soltou um gritinho de admiração ao receber as suas. Eram de uma cor entre o verde e o cinza e tinham o formato de bichos. O pires era a imitação de uma tartaruga, e a xícara reproduzia o corpo de um coelho, ou talvez de uma lebre. Pela parte oca que deveria corresponder às costas dos animaizinhos, o mordomo começou a derramar o chá de um recipiente que tinha a forma invertida do chapéu de Priscila Vetusta.

Naná olhou para trás e viu que, do meio do mato, outras tartarugas gigantescas, cada uma carregando sua lebre, surgiam por trás deles.

– Olhem... ali! – Naná finalmente conseguiu emitir um grito.

Quando os demais se viraram, não perceberam nada, apenas algumas hastes sendo balançadas pelo vento, mas ela entreouviu um barulho a alguns centímetros de sua nuca. Virou-se bem rápido e viu uma cabeçorra de lebre, mexendo o nariz para cima e para baixo, sumir por trás de uma moita.

Íris ainda reclamava da topada com a escultura da tartaruga. Parecia mesmo uma estátua, pois estava agora imóvel, assim como a lebre que o animal levava de carona. Ninguém deu importância para a aflição de Naná, a única a ver que o bicho de pedra, mesmo que muito devagar, se movimentava.

– Acho que esse lugar não estava no programa, gente. É muito selvagem, concordam comigo? – Gumercindo comandou uma meia-volta.

Enquanto Naná olhava em torno, toda desconfiada, Charles se virou outra vez para o lago, vendo como, de súbito, suas águas se agitavam.

– "Onde está a Margarida?
Olê, olê, olá!
Onde está a Margarida?
Olê, seus cavaleiros!
Ela está em seu castelo,
Olê, seus cavaleiros!"

O motorista tinha voltado a cantar, ainda disposto a encontrar o Jardim das Margaridas. O resto do pessoal parecia meio confuso, mas pronto a recomeçar a marcha. Só Naná se sentia completamente desnorteada. Como podia acontecer aquilo e ninguém mais perceber? Foi quando notou que Charles, sempre tão controlado, exibia um olhar de espanto.

– Você também viu? – perguntou a ele, referindo-se aos bichos estranhos que se mostravam e depois se escondiam.

– Bem esquisito, não? – Ele na verdade estava falando das ondas que começaram a varrer a superfície escura do lago e que ninguém mais se interessou em olhar.

Foi quando um vento bateu de lado. Muita poeira subiu e encheu os olhos de Naná e Charles. Eles se apoiaram um no outro, quando uma rajada veio bem mais forte e levantou os dois colegas do chão. Num instante se acharam suspensos a uma grande altura.

De mãos dadas, assim que puderam abrir os olhos, viram seus colegas e o motorista indo embora, num passo acelerado, fugindo da ventania. Estavam a muitos metros do solo, carregados por uma poderosíssima corrente de ar.

Lá de cima, viram o verdadeiro Jardim das Margaridas, que não estava tão longe, apenas na direção contrária da que o grupo, mais uma vez, estava indo. E era para lá que estavam sendo levados, só os dois!

Olhando para o chapéu de veludo preto de sua anfitriã e sem nenhuma dúvida de que era um bule virado para baixo, Dolores reparou nas flores estampadas no tecido. Logo descobriu pequenas margaridas pintadas na superfície da louça igualmente preta do bule que o mordomo usava para servir cada mulher. Ela controlou sua vontade de rir. Olhou o líquido de um amarelo muito aguado em sua xícara, estranhando os elogios entusiasmados que escutava.

– Mas que aroma singular, Pris! Que refinamento! – comentou Aldana, com os olhos fechados e o nariz quase mergulhado na bebida.

Depois de tomar dois goles bem curtos e espaçados, Maximiliana estalou a língua e deu sua opinião:

– Que sabor surpreendente, que suavidade, que delicadeza, Cila!

– Um néctar, Vê, um néctar dos deuses! Tem uma tonalidade simplesmente maravilhosa e uma consistência perfeita! – acrescentou Griselda, examinando o conteúdo da xícara à luz de uma vela que retirou do candelabro.

Enquanto o mordomo se afastava, Priscila Vetusta encarou Dolores, esperando sua avaliação da bebida. A diretora sorriu para ela e se viu obrigada a levar a xícara fumegante à boca.

Deu uma sopradinha para não queimar os lábios, bebeu um pouco, mas não sentiu nada de mais naquela água com uma poeirinha que descia fazendo cócega na garganta.

Sempre lidando com crianças, não gostava de mentir para elas nem para ninguém. Mas, certamente, a dona do Raríssimo estava à espera de mais um elogio. Como ser gentil e sincera? As outras também a olhavam, um pouco apreensivas.

Dolores respirou fundo e disse o que melhor lhe ocorreu para não se comprometer:

– Que chá, hein, Tusta?

– Acho melhor unificar meu apelido, queridas! Podem me chamar de Prisca!

"Ufa!", pensou a diretora, mal acreditando que tinha sido incluída entre as "queridas". Prisca se dirigia às outras como Gris, Max e Alda. Como a chamaria: Dô? Lores?

Dolores deu mais uma golada na água chocha e amarelada e pensou que poderiam ter qualquer coisa para mastigar. Seu estômago estava pedindo. O sininho foi acionado no mesmo instante.

– Gudesteu, traga o bolo! – gritou Prisca, sempre adivinhando os desejos e pensamentos de sua convidada.

Enquanto o mordomo não reaparecia, Priscila Vetusta se dirigiu a Dolores Del Mar:

– E então, Dodô, gostou mesmo do meu chá de margarida?

Assim que o vento amainou, Gumercindo reuniu a garotada em torno dele. Tinham se afastado o suficiente do lugar que não era o que procuravam. Todos esfregavam os olhos, cheios de poeira. Alguns arrumavam as roupas, outros ajeitavam os cabelos. Ninguém ainda havia percebido como o topete do motorista tinha ficado espetado para o alto, lembrando uma peteca.

Antes que Jadico ou Lucas Lauro começassem a zombar da aparência do seu líder, Zazá percebeu a ausência de Naná.

– A Naná ficou para trás, gente!

– E o Charles? Alguém viu? – Íris perguntou ao grupo, também preocupada.

Em meio a tantas crianças agitadas, o motorista procurou tranquilizá-las:

– Calma, vocês devem estar todos aqui. Vou contar um por um. Pronto, onze! Vocês são onze, não são?

– Treze! – corrigiu Niquinho.

– Mas quem está faltando? – Gumercindo se atrapalhava cada vez mais.

– Charles e Naná! – Taquinho disse o que os outros todos já sabiam.

– A Nini não? – o motorista ainda perguntou, como se a menina não tivesse sido a primeira que tinha contado.

Nini chamou a atenção dele para que olhasse bem para ela e propôs que voltassem em busca dos amigos que não estavam ali. Aproveitou para sugerir a Gumercindo que usasse o pente que levava no bolso de trás da calça.

Pimba, Cacau, Zazá e Úrsula iniciaram uma conversa à parte, querendo interpretar o sumiço dos colegas. Pimba e as meninas chegaram à conclusão de que tinham sido sequestrados ou estavam perdidos no meio do mato, sujeitos ao ataque de formigas e mosquitos venenosos. Cacau não chegou a expressar o que pressentia. Vira recentemente um documentário na televisão sobre discos voadores que abduziam terráqueos, sugando-os pelo ar por meio de campos magnéticos. Ele olhou para cima, preocupado. Uma nuvem estranha se afastava muito rápido no céu.

– Claro que não aconteceu nada de mais com os dois. Só não devem ter visto para onde nós viemos por causa daquele poeirão todo. Vamos lá verificar! – gritou Gigi, incomodada sobretudo com as opiniões de sua irmã Zazá.

– Isso mesmo! – Gumercindo se animou. E para passar a animação para seus comandados, voltou a cantar, tomando de novo o rumo do capinzal.

– "Onde está a Margarida?
Olê, seus cavaleiros!
Ela está em seu castelo,
Olê, olê, olá!"

– Chá de margarida, Prisca? Nunca imaginei que fosse tomar isso um dia! – Dolores se sentiu aliviada porque a pergunta fora sobre o chá e não sobre o chapéu que sua anfitriã exibia.

Tinha dado um jeito de dizer nem que sim nem que não, como também se controlara para não comentar que tinha detestado o apelido de "Dodô". Por outro lado, fora muito infeliz ao chamar a outra de Tusta. No final das contas, eram elas por elas.

As outras três já a chamavam de Dodô, droga! Ainda bem que nenhum de seus alunos estava por perto, especialmente Lucas Lauro e Jadico. E se a moda pegasse, e ela virasse dona Dodô?

Dolores parou de pensar com seus botões quando Gudesteu reapareceu, precedido, claro, pela mesma música, digna de um funeral. Ela imaginou que ele criara aquela trilha musical para si mesmo, cada vez que fosse convocado pela patroa.

Desta vez, havia no carrinho um bolo com uma incrível cobertura roxa, ao lado de vários pratinhos empilhados e talheres de prata que o mordomo dispôs diante de cada mulher.

A diretora achou os talheres um tanto pesados, mas normais. Os pratinhos também não pareciam bichos, mas não combinavam nem com o conjunto de xícaras e pires nem com o bule. Acompanhavam, no entanto, a toalha e as luvas das quatro senhoras idosas. Sobre o fundo branco da louça, estavam estampadas as tramas muito finas de uma teia de aranha. No centro de cada teia, também o centro de cada prato, havia a pintura bastante realista de uma aranha.

"Nada vai acabar com meu apetite", pensou Dolores, enquanto as outras três convidadas soltavam novos gritinhos de surpresa diante da leveza e da finura daquela porcelana.

– Gudesteu, sirva a primeira fatia para a querida Dodô.

– Quanta honra, Prisca, querida! – Ela achou que estava agradecendo à altura.

Esperou que todas fossem servidas antes de tocar em sua fatia. Aliás, foi a última a fazer isso. Prestou atenção na avaliação das companheiras, mesmo não confiando nos suspiros e nos olhinhos revirados que vieram junto:

– Ei, que maravilha! – disse Max.

– Ui, que delícia! – considerou Alda.

– Ai, que espetáculo! – achou Gris.

Ela então se animou a provar. Não achou ruim, mas também não era nada extraordinário. Sendo assim, decidiu simplesmente perguntar:

– De que é feito, Prisca?

– Infelizmente, não vou lhe dar a receita, minha querida, mas este é meu famoso bolo de crisântemos negros!

– Uau! – Naná se admirou com a sofisticação do Jardim das Margaridas, que ela e Charles quase podiam tocar com os pés, depois de ficarem algum tempo planando em torno do lugar.

Para começar, não havia ali nenhuma margarida, aquela florzinha um tanto sem graça e à toa, mesmo quando nascia um pouco maior e mais vistosa. Todos os canteiros eram de crisântemos. Isso mesmo: crisântemos, muito semelhantes aos que Naná descobrira no calendário que sua mãe tinha e do qual ia arrancando as páginas à medida que o tempo passava. O mais incrível: eram quase pretos, vistos de longe, mas chegando mais perto ficavam roxos, de um roxo tão escuro quanto o daquele lápis com que a garota andara pintando a saia bordada de um vestido.

O vento depositou os dois suavemente no chão e, mesmo tendo chegado das alturas, eles conseguiram ficar de pé e bem equilibrados. O sopro em torno deles foi diminuindo até se tornar uma brisa bem fraca.

– Não podia imaginar que aqui fosse tão bonito! – disse a menina.

Era na verdade mais estranho do que bonito, pois as flores não pareciam reais. Os canteiros tinham formas geométricas muito caprichadas, numa sucessão de círculos limitados por faixas retangulares. Entre eles, jorravam esguichos coloridos, avermelhados, roxos, azuis, variando de altura e intensidade.

Charles não conseguia fechar a boca. Não entendia a transformação. Nada daquilo existia da outra vez em que esteve ali.

– Este não é o Jardim das Margaridas! – concluiu.

Contudo, quando estava lá no alto, pôde reconhecer o velho jardim, com toda sua simplicidade, onde predominavam o verde do gramado e as manchas brancas e amarelas das pétalas das flores. De repente, tudo mudou, como em um passe de mágica.

Ele não deveria estar ali nem poderia ter chegado voando, se bem que não voara, pois fora trazido pelo ar.

– Isso não está acontecendo! – disse para Naná.

Ela, entretanto, não prestou atenção nele. Tinha um ar de completa admiração e, sem dúvida, se divertia muito com o que estava descobrindo.

– Veja, Charles!

Pela segunda vez, ela percebia uma estátua de pedra com um gigante no meio de um lago. Foi indo na direção dela. Charles hesitou, mas, não sabendo o que fazer, caminhou atrás de Naná.

O novo lago era limpo, bem tratado, sem lodo na água ou mato nas margens. Embora os dois gigantes fossem muito parecidos, pois este também segurava uma bacia, não havia outras estátuas de pedra. Nenhuma tartaruga gigantesca.

Uma lebre, encoberta por um canteiro, observava os recém-chegados. Muito rápida, ela desapareceu sem ser vista entre os jorros d'água que iam lentamente mudando de cor, para maravilhar ainda mais os olhos de Naná e começar a desfazer a cautela e a desconfiança de Charles.

ENTRE LINHAS AVENTURA

Chá das cinco

Lino de Albergaria

Suplemento de leitura

Dona Dolores prometeu levar seus alunos a um passeio a pé pelo Jardim das Margaridas, que ficava bem próximo à escola. No entanto, ela se esquecera completamente de que havia sido convidada a participar de um chá das cinco no Raríssimo Antiquário – um lugar que despertava sua imaginação.

Deixando a turma aos cuidados de seu Gumercindo, a diretora corre para não se atrasar para seu compromisso, que estranhamente começaria às três da tarde, sem atrasos. E não é apenas esse fato curioso que cerca o evento. Priscila Vetusta, a dona do antiquário, é uma mulher misteriosa, que oferece receitas mágicas a suas convidadas, capazes de fazê-las retornar à infância.

Enquanto isso, seu Gumercindo e a turma estão passando por maus momentos: além de errarem o caminho para o Jardim das Margaridas, Naná e Charles são levados por uma ventania e ficam perdidos. Lebres, tartarugas e um estranho gigante também compõem essa história cheia de magia e encantamentos.

Por dentro do texto

Enredo

1. Dolores é convidada por Priscila Vetusta a comparecer a um especial chá das cinco no Raríssimo Antiquário. No entanto, no convite está escrito que o horário marcado para o início do encontro é exatamente às 15h, com uma observação para que não haja atrasos.

a) Com base no texto, explique por que o encontro é chamado de "chá das cinco".

b) Qual é a real intenção do convite a Dolores?

2. Leia o trecho a seguir e depois responda à questão:

– Calma, vocês devem estar todos aqui. Vou contar um por um. Pronto, onze! Vocês são onze, não são?
– Treze! – corrigiu Niquinho.
– Mas quem está faltando? – Gumercindo se atrapalhava cada vez mais. (p. 19)

O grupo é formado por treze alunos, mas dois deles se perdem durante o passeio. Quem são eles? Como se perdem dos demais colegas?

6. Até ser convidada a participar do chá, Dolores não conhecia Priscila Vetusta pessoalmente. Quando a encontra, depara-se com uma mulher misteriosa, que se vestia de negro, usava luvas que pareciam uma teia de aranha e sabia fazer receitas com flores e ervas mágicas. Com base nessas características, responda:

a) Além de dona do antiquário, o que mais se descobre sobre Priscila Vetusta ao longo da história?

b) O que suas receitas são capazes de fazer?

7. Quando Charles e Naná chegam ao alto do castelo encontram uma mulher triste e solitária, de cabelos louros grisalhos e que usa um casaco verde sobre um vestido com estampa de margarida.

a) Quem é essa mulher? O que ela faz no castelo?

b) Há alguma relação entre madame Marguerite e Priscila Vetusta?

Espaço

8. Podemos definir o espaço de uma narrativa como sendo "o lugar onde se passa a ação". Em *Chá das cinco*, Dolores e sua turma se separam, voltando a se encontrar somente no desfecho da trama.

a) Em quais espaços se divide a narrativa?

b) Converse com seus colegas sobre as características que esses espaços apresentam: eles parecem reais?

9. Naná e Charles, quando falam à madame Marguerite da quantidade de lebres e tartarugas que viram espalhadas ao longo do caminho, percebem que paira entre eles uma certa confusão a

respeito dos lugares por onde passaram. Até que eles têm uma constatação surpreendente:

– Jardim das Margaridas, parque do matagal, castelo dos crisântemos negros, para mim não passam do mesmo lugar – Naná parecia ter certeza do que falava.
Charles começou a admitir que ali tudo poderia ser o que aparentemente não era. Já não adiantava pensar somente com lógica. (p. 41)

a) Qual é a constatação de Naná?

b) O que você entende pela afirmação de Charles, de que "não adiantava pensar somente com lógica"?

Produção de texto

10. Em *Chá das cinco* encontramos referências a alguns contos de fadas: *Rapunzel, A bela adormecida, Barba Azul, João e Maria.* No entanto, ainda que exista referência a esses contos, o autor cria sua própria história.

Nesta atividade, você terá de fazer uma releitura de um conto de fadas. Para isso, siga alguns passos:

- Escolha um conto de fadas de que gosta e leve-o para a sala de aula para mostrá-lo a seus colegas e professor.
- Alguns contos de fadas têm diferentes versões. Veja com seus colegas se alguém encontrou uma versão diferente da sua.
- Com a ajuda de seu professor, analise como se constitui a trama nos contos de fadas, as características dos personagens, os elementos fantásticos etc.

a) Onde está a Margarida?
Olê, olê, olá!
Onde está a Margarida?
Olê, seus cavaleiros!

b) Ela está em seu castelo,
olê, olê, olá!
Ela está em seu castelo,
olê, seus cavaleiros!

c) Mas o muro é muito alto,
olê, olê, olá!
Mas o muro é muito alto,
olê, seus cavaleiros!

d) Eu tirando uma pedra,
olê, olê, olá!
Eu tirando uma pedra,
olê, seus cavaleiros!
Uma pedra não faz falta,
[...]
olê, seus cavaleiros!

Personagens

5. Além de Dolores, outras quatro mulheres, um tanto antipáticas e solenes, participam do misterioso chá das cinco. Quem são elas? Cite características em comum entre elas.

- Discuta em grupo e com o professor temas relevantes da atualidade – ou de seu interesse – que tenham alguma relação com a trama ou os personagens do conto escolhido.
- Faça um rascunho de seu texto para mostrar ao professor. Depois apresente o texto final a seus colegas.

Atividade complementar (Sugestão para Artes, História, Geografia e Ciências)

11. A turma da dona Dolores teria uma atividade fora do horário de aulas: a visita ao Jardim das Margaridas, um local não muito distante da escola. Mas o que fazer em um jardim tão pequeno e, para alguns, sem graça? Sônia Regina, a Naná, por exemplo, adora criar roupas e poderia, inspirada pelas flores, desenhar novas estampas além de crisântemos e margaridas. Ver as flores ao vivo talvez pudesse lhe proporcionar novas ideias.
E você, costuma frequentar lugares com verde, como praças ou parques? Há espaços como esses em sua cidade? E na sua escola ou no entorno, há lugares com árvores e plantas? Será que frequentar esses espaços nos traz benefícios?
Faça uma pesquisa sobre as áreas verdes urbanas de sua cidade. Converse com seus colegas sobre o uso desses espaços, a necessidade de preservá-los, os benefícios sociais e ambientais que promovem.

Atual Editora

3. Gudesteu, o mordomo de Priscila Vetusta, serve o chá de margaridas em uma louça verde-acinzentada em formato de bichos: o pires é a imitação de uma tartaruga e a xícara reproduz o corpo de uma lebre. No matagal, as crianças e seu Gumercindo se deparam, ao longo do percurso que fazem, com tartarugas e lebres por toda a parte.

a) Qual a real identidade da tartaruga e da lebre nas duas situações?

b) Por que esses bichos estão espalhados por todo o caminho?

c) Como quebrar o encanto que paira sobre eles?

4. Ao longo de toda a trama, os personagens cantam "Onde está a Margarida?", uma cantiga de roda tradicional. Será que essa música não diz algo sobre o enredo da história? Converse com seus colegas e procure identificar se os trechos da música, selecionados a seguir, revelam ou explicam algo importante sobre a história.

– "Ela está no seu castelo,
Olê, seus cavaleiros!
Mas o muro é muito alto,
Olê, olê, olá!"

Apenas Gumercindo cantava. Os garotos não entendiam por que o motorista voltara com aquela cantoria. Nini imaginou que só poderia ser por nervosismo. Em breve eles estariam de novo na beira do matagal. O vento tinha diminuído, mas ainda varria a vegetação, fazendo correr um ruído contínuo entre as moitas de capim.

Pimba e Cacau comentaram que o som lembrava uma vaia, apesar de baixa: *uuuuu*... Ou o uivo distante de um cachorro, como depois imaginou Pimba. Mas para Cacau seria um lobo. Então Úrsula, que se aproximara deles junto de Zazá, disse:

– É choro de gente!

– Não. É um fantasma gemendo! – Zazá mostrava certeza.

Os outros, mesmo sem compartilhar as ideias daqueles quatro, pois o ruído poderia ser um simples efeito do vento sobre a folhagem, hesitaram em seguir em frente.

– E agora, o que nós vamos fazer? – Nini perguntou a Gumercindo, que já não sabia o que decidir.

Mas Íris, empurrando Taquinho e Niquinho na direção do lago, resolveu:

– Temos de encontrar nossos colegas.

– É mesmo – disse Lucas Lauro.

– É claro – concordou Jadico, disparando um assobio semelhante aos de Gumercindo.

Lembrando-se de quando brincaram de escoteiros, em outra excursão, Gigi gritou:

– Avante, pessoal!

Foram passando por Zazá, Úrsula, Cacau, Pimba e Gumercindo, que finalmente se mexeram, depois que Nini entoou, decidida:

– "Alabum, ticabum,
alabum, ticabum,
alabum, ticauaca,
ticauaca, ticabum".[2]

Mais encorajados, principalmente porque o ruído assustador ia diminuindo, chegaram todos à margem do lago. Viram então que uma ponte, que parecia não estar lá antes, ia até a estátua do gigante barbudo.

Como não notaram nenhum sinal de Charles e Naná, seu Gumercindo concluiu:

– Eles devem ter passado por essa ponte e se escondido do vento em algum buraco na estátua.

Um depois do outro, todos perceberam que na base da escultura havia uma porta entreaberta.

– Não falei? Eles entraram ali!

Depois de dizer isso, Gumercindo foi andando para a porta, com a turma atrás. O vento estava mais fraco. Agora era ele quem cantava, bem forte:

– "Alabum, ticauaca,
ticauaca, ticabum".

Por mais que tentasse ser gentil, Dolores não se conteve:

– Mas, Prisca, crisântemos negros simplesmente não existem! E se você usou anilina, a cobertura do seu bolo está mais para roxa.

– Oh, minha querida, eu nunca usaria anilina entre meus ingredientes. O crisântemo negro não é assim tão literalmente negro. É de um tom mais escuro de púrpura que aos seus olhos vira um roxo vulgar!

– Mas falta tão pouco para ser negro... – disse Maximiliana, abaixando-se até seu prato para examinar o bolo.

– Só um tantinho – observou Aldana, sacudindo seu bracelete de pérolas.

– Roxo é bem mais misterioso – ponderou Griselda, ajeitando a cabeleira que queria despencar sob o chapéu.

– Concordo com vocês, minhas queridas – disse Priscila. – Mas você, Dodô, não precisa ser tão sem imaginação! Aliás, você foi a única que ainda não terminou este manjar!

Dolores tentou pensar em um jeito de não comer o resto. Tudo aquilo começava a ficar muito esquisito. Mas Gudesteu parou diante dela e observava com muita atenção cada gesto que ela fazia.

A diretora levou o garfo à boca. Sentiu todos os outros olhos sobre ela. O mordomo deu um passo a mais e se colou à cadeira dela.

– Coragem! – disse Prisca.

– Você não vai se arrepender – falou Max.

– Não vai, não! – disse Gris.

– Lógico que não vai! – ecoou Alda.

Então ela mastigou um, dois pedaços. A massa foi descendo pela garganta, ajudada por uns goles de chá.

Quando o mordomo lhe deu as costas, viu que ele ia ficando violeta. Imaginou que era a luz do vitral refletindo sobre o homem.

– Sabia que esse crisântemo também é conhecido como o pórtico do sono? É o maior inimigo das insônias...

A voz de Prisca ia ficando cada vez mais longe.

O gigante segurava com a mão direita o prato arredondado de onde a água escorria, e com a esquerda apontava para a outra margem do lago.

– Essa não! – Charles mal acreditava no que via. Do outro lado do lago havia um castelo, construído com um tipo de pedra semelhante à da estátua.

Naná deu um pulo para trás. Um bicho, que ela julgou ser um coelho, passou correndo rente a seus pés. Charles conseguiu acompanhá-lo com os olhos. A lebre, pois ele viu que não era um coelho, se escondeu perto de uma canoa. Ele lera que as lebres tinham as orelhas maiores e as patas traseiras mais longas, exatamente como as daquele animal.

A menina correu para a canoa, afugentando o animal. Logo achou os remos e foi chamando o amigo para visitar o castelo. Ele queria entender melhor o que estava se passando, mas Naná não lhe deu tempo, dizendo para ele vir de uma vez. E lá foi ele, os dois já remando lago adentro.

– Você não acha tudo isso muito estranho? – Charles perguntou.

– Acho, mas já que nós estamos aqui, vamos aproveitar. Você não quer conhecer um castelo?

O menino acabou se convencendo. Ele nunca tinha visto um castelo, a não ser em filmes, assim como nunca tinha imaginado que o Jardim das Margaridas se transformaria num parque tão impressionante.

Charles se deixou levar pela disposição de Naná para explorar o desconhecido. Relaxou os ombros, e suas remadas se tornaram mais leves e mais sincronizadas com as de sua companheira.

O castelo ia ficando mais próximo, e já aparecia o ancoradouro. A menina logo saltou da canoa, a qual ela nem se importou em amarrar, mas Charles pensou no retorno e usou a corda enrolada no fundo do pequeno barco para prendê-lo num tronco de árvore.

Porém, ele não contava que a corda fosse tão velha e se rasgasse sozinha. E lá se foi o transporte mais garantido para a volta dos meninos, fugindo para bem longe da margem. Naná, notando a preocupação do amigo, disse que não duvidava de que haveria outro jeito para sair dali. Charles, não muito convencido, tomou a direção do majestoso edifício, que o atraía sobretudo pela presença de uma torre ao mesmo tempo alta e bem-proporcionada. Naná, sempre feliz, o acompanhou.

No entanto, a velha construção não estava mais inteira. Vista assim de perto, já lhe faltavam muitos pedaços. Entraram por uma grande porta de ferro com muita ferrugem. Lá dentro tomaram uma escada quase encoberta pelo mato. Era tudo tão diferente do parque onde nada parecia gasto.

Uma boa parte do teto ruíra. Podiam ver o céu acima de suas cabeças. Era um céu quase sem cor, um cinzento esbranquiçado. Uma parede permanecia intacta. No meio dela, uma porta entreaberta atraiu a curiosidade de Naná.

Ela a empurrou, provocando um longo rangido. Deixava ver uma escada estreita e escura. Subindo o primeiro degrau, ela perguntou a Charles:

– Vamos?

Começaram a escalar o acesso para a torre. Naná pensou na Rapunzel e também na Bela Adormecida. Charles se lembrou de outra história, a do Barba Azul e do quarto proibido de seu castelo. Mas a porta não estava trancada, e ele não podia deixar Naná sozinha.

Gumercindo e a turma descobriram uma escada por trás da porta. Ela levava até o alto da estátua. O motorista começou a duvidar de que os dois alunos estivessem ali. Mas Íris argumentou que não havia outro abrigo contra as rajadas do vento. Eles só poderiam ter entrado por aquela porta e ainda não teriam se animado a sair.

– O que iriam fazer num lugar tão escuro? – Gumercindo perguntou.

Niquinho achou que, se fosse ele, uma vez lá dentro, iria subir até o alto. Taquinho concordou:

– Lá em cima eles devem ter achado um ponto de observação.

– Poderiam ver se o vento parou e depois, se fosse o caso, iriam descer – sugeriu Gigi.

– Então vamos de uma vez! – E Jadico se lançou escadaria acima.

– Espere por mim! – pediu Lucas Lauro.

– Esperem por nós! – gritou Gumercindo.

– Devagar, gente! – reclamou Zazá.

– Está muito escuro... – Úrsula se queixou.

– Calma, estou atrás de você – disse Pimba para sua irmã.

– Ei, não pisa na minha mão! – protestou Cacau, que ia atrás de Pimba.

Finalmente chegaram a um patamar arredondado, onde havia apenas duas janelas bem pequeninas, por onde passava um mínimo de luz. Jadico e Lucas Lauro estavam ocupando cada uma delas e não queriam ceder suas posições.

Gumercindo falou que deveriam fazer um rodízio para cada um espiar um pouco, mas Nini, impaciente, pediu que um dos dois irmãos descrevesse o que estavam vendo.

– Estamos dentro da cabeça do gigante – Lucas Lauro anunciou.

– Estes buracos são seus olhos – Jadico explicou.

Niquinho e Taquinho conseguiram empurrar os outros dois e tomaram seus lugares.

– Vocês não sabem o que eu estou vendo bem do outro lado – falou Niquinho.

– Um castelo! – revelou Taquinho.

Tudo foi ficando violeta ou lilás em torno de Dolores. Seus olhos não queriam continuar abertos, apesar do interesse que ela tinha em ver o mundo se tornar roxo. Um mundo roxo era um mundo mais tranquilo, pois ela se importava menos com a esquisitice das companheiras.

O modo de falar de Priscila ia ficando mais fraco e indefinido. Ela ainda explicava as propriedades do principal ingrediente da cobertura de seu bolo.

"Os crisântemos são um ótimo remédio contra a ansiedade dos adultos..." Dolores ouviu uma voz que não sabia de onde vinha, ganhando um tom infantil.

Num primeiro momento duvidou da informação, pois, apesar de mais calma, se sentia muito estranha e quis se levantar da mesa. Mas decidiu não lutar contra a sonolência, voltando à posição em que estivera. Passou a achar que teria um sono muito agradável. Só isso era importante.

"Crisântemos negros, ou roxos para quem quiser, rejuvenescem a gente. De verdade. Na receita secreta de meu bolo, suas pétalas abrem de novo as portas da infância." A vozinha cada vez mais parecia a imitação de uma garotinha recitando. Uma imitação bem-feita demais.

A diretora sentiu a cabeça pesando sobre o pescoço e a apoiou sobre a mesa. A partir de certo momento só enxergava, mesmo com os olhos fechados, uma grande mancha roxa. Passou a escutar uma canção vinda de um lugar impreciso. Era uma espécie de ciranda, uma brincadeira de roda. Ainda refletiu que o mordomo deveria ter trocado a gravação, pois continuava associando a música a ele.

Antes de mergulhar em seus sonhos, sentiu uma pressão sobre o ombro. Pelo toque mais duro, era a mão de um homem. Identificou a presença de Gudesteu. Em seguida, ele puxou a cabeça de Dolores, querendo que ela bebesse de uma taça de prata.

– Vamos, acorde! – ele insistia.

Ela não sabia se queria acordar ou se aprofundar na sensação de experimentar um mundo sem formas e de uma única cor. Mas ele, aos poucos, foi fazendo com que ela tomasse aquele suco. Foi quando uma pálida luz prateada, surgindo do fundo da taça, se espalhou pelo ambiente. Gotículas prateadas, que ela não dava conta de ver, dançavam no canto de sua boca.

– Beba o resto do sumo de luar, vai ser bom para você – falava o homem.

As coisas então foram retomando sua consistência. O mordomo já não era mais uma figura transparente, como se fizesse parte do vitral.

Ela reconheceu a luz do candelabro derramando suas sombras sobre a grande teia que se espalhava pela extensão da toalha rendada. Notou, depois, que não havia mais ninguém na sala, além dela e do mordomo.

– Para que fez isso? – perguntou Dolores, sem entender por que motivo quem lhe serviu o lanche que fazia dormir lhe deu também a bebida para acordar.

– Minha senhora não quer que você vá até o fim da apreciação do chá das cinco. Só ela e as outras três devem continuar.

– Então por que me serviu o chá e o bolo?

– Para entender o que vai se passar com as quatro.

– Mas onde elas foram parar?

O mordomo se calou, quando começaram a escutar, em meio a muitas risadinhas, o canto de um bando de crianças:

– "Ela está no seu castelo,
Olê, olê, olá!
Ela está no seu castelo,
Olê, seus cavaleiros!
Mas o muro é muito alto,
Olê, olê, olá!
Mas o muro é muito alto,
Olê, seus cavaleiros..."

No fim da escada, havia uma sacada, cercada por um parapeito. Naná e Charles chegaram um pouco ofegantes, pois os degraus, além de muitos, eram largos e altos. De lá podiam ver colinas, bosques, um rio correndo – uma paisagem que não esperavam encontrar. Estavam do lado contrário dos jardins de crisântemos e do lago. Foram contornando aquela varanda, quando descobriram que não estavam sozinhos.

De costas para eles, uma senhora de cabelos presos e de um louro grisalho vestia-se com simplicidade, usando um largo casaco verde. Ela olhava para o horizonte e nem percebeu que aqueles visitantes tinham chegado ao alto do castelo.

Naná, que a princípio não se interessara tanto pelas roupas da mulher, teve o olhar atraído pelo padrão estampado do vestido que o casaco quase escondia. Aquelas flores não eram margaridas?

Charles, por causa das várias falhas na amurada, se movimentava com muita atenção. Ele tinha um pouco de medo de altura, e as falhas nas paredes o deixavam inseguro.

A menina, atenta ao que via, se recordou da cantiga que seu Gumercindo tinha decidido entoar naquela tarde.

– "Ela está no seu castelo,
Olê, olê, olá!
Ela está em seu castelo,
Olê, seus cavaleiros!
Mas o muro é muito alto,
Olê, olê, olá!
Mas o muro é muito alto,
Olê, seus cavaleiros,
Eu tirando uma pedra,
Olê, olê, olá!
Eu tirando uma pedra,
Olê, seus cavaleiros!
Uma pedra não faz falta,
olê, olê, olá..."

Naná cantava fraquinho, só para ela mesma, enquanto Charles se abaixava e retirava do chão uma pedra solta. Debaixo dela, o menino tinha visto alguma coisa que brilhava. Era um anel, com duas pedras verdes combinadas. Por cima, uma pequena lebre. Por baixo, a imagem de uma tartaruga.

Quando o amigo lhe mostrou a joia, Naná se lembrou das mesmas figuras em um tamanho mil vezes maior. Eram de uma cor parecida, embora mais próxima do cinzento, e se mexiam, mas também se fingiam de estátuas. Ficou esperando que o anel começasse a caminhar pela palma da mão de Charles.

O menino, porém, olhava por cima do ombro de Naná. Quando ela se virou, curiosa para saber o que o intrigava, viu que a mulher de vestido de margaridas também tinha se virado e olhava para os dois, aparentemente surpreendida.

Depois que todos espiaram a paisagem pelos olhos do gigante, foram lembrados por Gigi de que precisavam descer a escadaria. Era evidente que Naná e Charles, se tivessem entrado por aquela porta, já teriam saído.

– Devem ter ido para o castelo – falou Zazá, para surpresa da maioria, já que o castelo estava na outra margem do lago.

As duas irmãs começaram uma discussão. Gigi não via nenhum sentido naquela ideia de Zazá.

Úrsula se declarou a favor de Zazá, com quem geralmente concordava, sempre, aliás, se opondo a Gigi. Achava que se os dois colegas tivessem visto um castelo, teriam corrido para lá, dando um jeito para encontrar o caminho. Era o que ela teria feito com toda a certeza.

Pimba, que jamais contestava sua irmã gêmea, disse que não perderia a chance de conhecer um castelo como aquele, mas Gumercindo afirmou que não podia abandonar os meninos desaparecidos. O castelo era longe e não tinham como saber se os garotos teriam ido mesmo até lá. Como poderia se justificar com dona Dolores caso não encontrassem Charles e Naná?

Todos falavam ao mesmo tempo. Uma parte queria concentrar suas buscas ali por perto, naquela margem do lago. Zazá e Cacau, influenciados por Pimba e Úrsula, achavam que deveriam ir logo para a outra margem. Diziam que Naná não ia perder a oportunidade de explorar um castelo.

– Mas ela está com o Charles – lembrou Íris. – Ele, tão responsável, não iria deixar ninguém preocupado. Pelo menos nos deixaria alguma mensagem bem à vista.

Nini teve a solução:

– Podemos começar a busca deste lado. Se não acharmos nossos colegas, vamos andando para o castelo, mas temos de ficar atentos a algum sinal deixado por Charles.

Nini e Íris estavam pensando na história de João e Maria. Nini só se lembrava das pedrinhas que o menino usou para marcar o caminho pela floresta. Mas Íris também pensou na outra parte, quando ele trocou as pedrinhas pelos pedacinhos de pão que os pássaros comeram, e assim eles não acharam mais o caminho de volta. Mas ela não quis considerar essa possibilidade. Seria muito azar.

E lá se foi a turma, procurando sinais que não existiam, já contornando o lago e avistando mais detalhes do castelo, que, no entanto, ainda estava muito longe. Um deles, de repente, se assustou com algo que viu na superfície da água.

– Uma tartaruga! – Niquinho descobriu o animal nadando em direção ao lado que eles queriam atingir.

– E se a gente for nadando também? – perguntou Taquinho.

– Nada disso! – proibiu Gumercindo, pois ele mesmo não sabia nadar.

Lucas Lauro resolveu animar o batalhão, que já tinha ares de cansaço:

– Avante, pessoal!

Jadico aproveitou a deixa e iniciou o canto dos escoteiros:

– “Alabum, ticabum...”

Mas o motorista, enquanto olhava fixamente para a construção de pedras, lembrou-se da outra canção, e sua voz se sobrepôs à do menino:

– “Ela está no seu castelo,
Olê, olê, olá!
Ela está em seu castelo,
Olê, seus cavaleiros!
Mas o muro é muito alto,
Olê, olê, olá...”

Dolores ia aos poucos se sentindo desperta. Já considerava seu estado inteiramente normal quando três meninas vestidas com cores que iam do lilás ao roxo apareceram na sala, empurrando umas às outras, pulando e falando alto. Tinham entrado por uma janela que ela não tinha percebido antes ou que tinha simplesmente brotado do nada. Por último surgiu uma garota de roupa mais escura, quase preta.

A diretora chamou Gudesteu de volta, já que ele ia se retirando com a taça de prata.

– Me dê isso aqui. – Ela tomou o copo para beber o restinho do líquido.

– Pronto? – perguntou o mordomo, antes de sair.

Dolores, depois de liberar o homem, chegou à conclusão de que as cores daquelas roupas não significavam um retorno aos seus momentos de sonolência. Também não estava sonhando, apesar da aparição da janela que ela jurava não existir antes.

As quatro foram se aproximando, querendo sua atenção.

– Tia, vamos brincar de cabra-cega? – propôs a que usava uma tiara de brilhantes.

A mais alta falou:

– Vamos brincar de pega-pega. Você vai ser o pegador, tia!

A mais despenteada, com o cabelo se desprendendo do rabo de cavalo, gritou:

– Caretas! Concurso de caretas é muito melhor! Faça a sua, tia!

– Nada disso! – Dolores falou com muita convicção. – Vocês vão imitar estátuas! Cada uma para do jeito que está. Um, dois e já! Ninguém pode se mexer mais!

A de preto arroxeado, sentando-se no chão muito rápido, mas um pouco depois do "já!" e com uma cara esperta, disse:

– Oba!

As outras três, em posições muito complicadas, começaram a balançar, perdendo o equilíbrio, e já iam caindo, quando a que estava comodamente sentada e que tinha claramente enganado as amigas berrou:

– Ganhei! Ganhei!

– Sentem-se todas! – Dolores teve de bater palmas para que as três primeiras parassem de falar, acusando a última de trapaceira. E fez uma proposta: – Querem brincar de passa-anel?

– Eu não!

– Nem eu!

– Muito menos eu!

– Mas vocês sabem como é o jogo?

– Eu sei – disse a que ainda não tinha dito "não" –, e não tem a menor graça!

– Pois então, vamos contar uma história...

– Depende da história – falou a menina de roupa quase preta.

– É uma história diferente que nós vamos inventar juntas – explicou a diretora.

– Quem vai começar? – quis saber a menina da tiara.

– Você!

– Por que eu?

– Por ordem alfabética, Aldana. Seu nome ia ser o primeiro na minha lista de chamada. Pode começar com "era uma vez"...

Dolores tinha identificado as menininhas. Só não entendia o que acontecera com o tempo, que tinha andado para trás tão rápido.

– Onde achou o anel? – perguntou a mulher ao menino.

– Tirei debaixo daquela pedra – explicou Charles.

Naná cantarolou, desta vez um pouco mais alto:

– "Uma pedra não faz falta,
Olê, seus cavaleiros!"

– Quem são vocês? – disse a dona do casaco verde, dando um passo à frente.

– Eu sou Charles, e a minha colega é Sônia Regina, a Naná.

– Não vi vocês entrando. Meu nome é Marguerite. Podem me chamar de madame Marguerite – ela falava os erres de um jeito carregado e tinha a voz e olhos muito tristes.

Naná conseguiu recordar mais um pedacinho da letra da música:

– "Apareceu a Margarida,

Olê, olê, olá!"

– Acho que este anel deve ser seu... – disse o menino, esticando a mão.

A senhora solitária, parecendo se animar muito rápido, deu mais um passo em direção ao menino, pronta para receber a joia. Mas uma sombra surgiu de repente e pegou o anel pelo bico, voando para longe.

– *Croc*... – a voz do pássaro surpreendeu os três.

– Corvo bandido! – gritou Marguerite, indignada.

– Sinto muito... – disse Charles, tentando consolar a nova conhecida.

– Este castelo é seu? – Naná perguntou a ela.

– Não, só vim parar aqui à procura dos meus netos. – E a tristeza retornou ao seu rosto, que continuava exibindo um ar inconformado.

– Como eles são? – quis saber o menino, tentando ajudar, pois talvez tivesse visto as crianças.

– Uma tartaruga e uma lebre.

E logo acrescentou, enquanto Naná e Charles pensavam exatamente o que ela temia:

– Calma. Eu não estou louca. Jean-Jacques e Marie-Valérie foram encantados, transformados nesses animais.

Naná achava que tinha visto os dois, mas eram tantas lebres e tartarugas. Quais seriam os netos da abatida madame Marguerite, que tinha, no entanto, um sotaque engraçado sempre que dizia um erre? E o que aquele corvo, saído das histórias de bruxas, tinha vindo fazer ali? E o anel, o que podia significar?

Como o castelo custava a ficar mais perto! Caminhavam com uma dificuldade que só aumentava. As pernas de todos se tornavam muito pesadas. Ouviram, de repente, um barulho ao longe, que poderia ser uma grande gargalhada.

Abandonando a bacia de onde escorria água, o gigante sufocou o riso com a mão que estava seca. "É hora de ficar menor e mais macio, rê-rê", pensou. Logo passou a ser apenas um homem alto, calçado de botas, descendo cuidadosamente de seu pedestal.

Enxugou na própria calça a mão que estava molhada e tomou o mesmo caminho que Gumercindo e a turma tinham seguido. Entretanto, suas botas eram especiais. Ele não precisava tocar o chão, pois elas flutuavam, e assim ele não fazia esforço para se deslocar.

Ao verem que ele tinha diminuído e deixado de parecer pedra, todas as estátuas de tartarugas e lebres se puseram simultaneamente em movimento. Retomaram suas carapaças e seus pelos naturais e uma vontade enorme de correr e de chegar na frente. Algumas iam pelo lago. Outras por terra.

Umas lebres que tentavam correr separadas foram superadas pelas tartarugas, que, como as botas do ex-gigante, flutuavam a centímetros do chão. As que iam pelo lago, com seus companheiros peludos equilibrando-se em suas costas como se fossem surfistas, praticamente voavam um pouco acima do nível da água.

Desistindo da corrida avulsa, as lebres voltavam a pedir carona às tartarugas, mas as que estavam na frente não podiam mais ser alcançadas, de forma que as orelhudas que continuaram sozinhas compunham um grupo de retardatários.

Íris foi a primeira a perceber alguma coisa vindo por trás dela e a ultrapassando.

– Vocês viram uma tartaruga meio voadora? – perguntou.

Nini viu.

– Ela está chegando ao castelo.

– Ali vai outra, com um coelhinho no colo. E está quase passando na frente – disse Zazá.

– Ela não está com ele no colo, mas nas costas – notou Niquinho.

– E não é um coelho, é uma lebre – Gigi explicou.

De todos os lados iam surgindo lebres e tartarugas, sempre passando pela turma, que dispunha apenas dos pés e das pernas para se deslocar, além de um cansaço que só crescia.

Pimba e Cacau descobriram, ao mesmo tempo, duas criaturas estranhas. Uma tartaruga e uma lebre tinham caras de crianças. Estavam imóveis e semiescondidas por uma pedra. Logo os garotos fizeram com que Gumercindo as notasse.

Nesse momento, elas deram dois gritos terríveis e começaram a correr para um canteiro de crisântemos roxos, como Jadico apontou para Lucas Lauro.

Úrsula, quase ao lado de Taquinho, foi a primeira que percebeu e mostrou ao companheiro: um homem barbudo, de chapéu e botas, com uma cara não muito estranha, estava bem perto dos dois. Era dele que a lebre e a tartaruga esquisitas fugiam.

Depois de perder muito tempo dizendo que começar uma história era muito difícil, ainda mais com as coleguinhas gritando “ande logo!", "chega de demora!" e "não vamos ficar aqui a vida inteira!", Aldana, tapando os ouvidos para poder se concentrar, finalmente falou:

– Era uma vez um castelo lindo, num parque lindo, onde vivia uma princesa linda... Pronto, começou a história!

Só com o movimento do dedo indicador, a diretora fez Griselda continuar. Acabando de soltar os cabelos rebeldes, a garota ameaçou não participar se Maximiliana não parasse de cutucá-la.

– Basta, Max! – A diretora dirigiu um olhar bem bravo para as duas.

Gris entendeu a deixa e depois de uns dois "hã", um "bem" e um "pois é" foi em frente:

– A princesa linda cresceu, casou-se com um príncipe, virou rainha, teve filhos e acabou viúva.

Dolores olhou para a menina grandalhona e disse:

– Continue, Maximiliana...

– Essa história está indo muito rápido. Vou começar de novo!

– Nada disso! – protestou Griselda.

– Nem tente! – esbravejou Aldana.

– Continue do jeito que está – exigiu Prisca.

– Mas eu não gosto quando as pessoas ficam velhas de repente! – Maximiliana insistiu.

– Então invente qualquer coisa! – disse Griselda, perdendo a paciência.

– Está bem. Ela era uma viúva jovem e linda. Seus dois filhos eram uma menina e um menino lindos. Mas, no reino vizinho, havia uma rainha muito má e que não tinha filhos...

– Parabéns, Max – Dolores cumprimentou a menina que tinha cumprido a tarefa e encarou Priscila, que já estava inquieta, louca para falar, com o braço levantado.

– Abaixe o braço, chegou a sua vez – disse a diretora.

– A outra era prima dela, e também tinha ficado viúva. Ela bem que quis roubar o marido da prima, mas ele morreu antes!

– Prisca! Que história malcomportada! – Dolores não gostou.

– Então, continue você, tia – propôs Aldana.

– Vai, tia, sai dessa! – gritou Griselda.

– Ah, é? – Dolores aceitou o desafio. – Pois as duas rainhas foram envelhecendo, uma delas muito feliz com sua família, pois seus filhos cresciam saudáveis e de bom humor. Cada um deles se casou com uma pessoa muito interessante e com muitas ideias. Assim, essa rainha logo teve um casal de netos...

– Lindos? – interrompeu Griselda.

– Alegres, inteligentes, cheios de imaginação – prosseguiu a diretora. – Enquanto isso, a prima infeliz, triste e pouco imaginativa, só queria mal à rainha e aos seus netinhos.

– Daí que ela contratou um feiticeiro malvadíssimo – Priscila tomou a palavra, sem ter sido chamada.

Maximiliana prosseguiu, rápida:

– Ela queria que todos os risos da avó e dos netos virassem lágrimas!

– Gente... – surpreendeu-se Dolores.

– O feiticeiro se transformou num gigante e passou a perseguir os garotos que brincavam no parque. Eles estavam apostando uma corrida – continuou Griselda, mais que depressa.

– O gigante agarrou cada criança com uma de suas mãos e decidiu afogar as duas no lago que existia diante do castelo – emendou Aldana.

– Deve ter muita gente transformada em lebre e tartaruga por aqui – falou Naná.

– Como assim? – perguntou madame Marguerite.

– Lá perto do lago vi algumas disfarçadas de estátuas, como se fossem de pedra – a menina começou a explicar.

– Mas esse lago com as estátuas é outro – interrompeu Charles. – É um lago cheio de lodo no meio de um matagal. O daqui é bem tratado, assim como o jardim. Por aqui, na verdade, anda uma lebre que não tem nada a ver com aquela de pedra, em cima de uma tartaruga. Foi só uma estátua que eu vi...

– Eu vi muitas – Naná contestou. – E não me admira que este lago seja o mesmo. Lembra que nós viemos com o vento bem na direção dele? Ele só mudou de aspecto um pouco antes de a gente pôr os pés no chão.

–Você está misturando as coisas – Charles começou a explicar. – Nós viemos na direção do Jardim das Margaridas. Eu o reconheci de longe, pois já fui lá. Descemos nesse jardim de flores roxas, um outro lugar, Naná!

– Jardim das Margaridas, parque do matagal, castelo dos crisântemos negros, para mim não passam do mesmo lugar – Naná parecia ter certeza do que falava.

Charles começou a admitir que ali tudo poderia ser o que aparentemente não era. Já não adiantava pensar somente com lógica.

Marguerite resolveu voltar à conversa:

– Essas tartarugas e lebres que você viu, Naná, são simplesmente tartarugas e lebres. Só foram convocadas para me confundir.

– Convocadas por quem? – quis saber Charles.

– Pelo mago que se disfarça de gigante de pedra. Ele enfeitiçou Jean-Jacques e Marie-Valérie para que eu lhe entregasse o anel das mutações, que, embora a gente não use, pertence à minha família. Para me magoar ainda mais fez com que os meninos tomassem a forma das pedras do anel.

– E quem é aquele corvo? – Charles perguntou. – Ele trabalha para o mago?

– Esse eu não sei quem é.

– Se o mago já estiver com o anel, ele poderá libertar seus netos – comentou Naná.

– Não acredito, o coração dele é cruel demais. Os meninos podem continuar bichos para sempre, a menos que sejam libertados por um cavaleiro.

– Um cavaleiro? Onde a gente acha esse cavaleiro? – Naná se interessou.

– Também não sei. Ele tem que experimentar o anel, e o anel servir em seu dedo. Só assim, e se ele quiser, o encanto se quebra. Mas agora o corvo sumiu com a joia.

– A senhora veio até o castelo procurar o anel? – Charles tentava entender.

– Não, só subi aqui para me distrair um pouco e olhar a paisagem. Jamais desconfiei que ele estava tão perto de mim, nem que você o encontraria. Se eu pudesse voltar a guardá-lo, já que não sou uma guerreira e que o anel nem serve em nenhum de meus dedos, bastaria esperar pelo cavaleiro...

– Olá, garotada, rê-rê-rê... Vocês podem dizer para onde eles foram? – perguntou o homem, que passara a caminhar de modo normal ao se aproximar do grupo.

Lucas Lauro e Jadico trocaram um olhar desconfiado, pois tinham ouvido o grito agoniado dos fugitivos. Um dos irmãos, querendo despistar o barbudo, mostrou a direção do castelo.

– Tem certeza? – O dono das botas tinha a impressão de ter percebido um movimento em outra direção, assim que ouviu as vozes amedrontadas.

– Pois eles fingiram que iam para outro lado e foram para lá. Acho que passaram por aquele portão – falou Jadico, enquanto Lucas Lauro, para não mostrar que estava rindo, virou de costas.

E lá se foi o sujeito, controlando-se para não se afastar do chão, passando por seu Gumercindo, que o cumprimentou amavelmente mas não obteve resposta.

– Eu, hein? – disse o motorista, cismado com os bichos com cara de gente.

– Quem ele estava procurando? – Gigi questionou Jadico.

– Uns meninos fantasiados de bichos – quem respondeu foi Lucas Lauro.

– Acho que conheço esse homem... – disse Nini, sem ter certeza de onde tinha visto a barba, o cabelão e o chapéu.

– Por que vocês mentiram? – Cacau criticou os irmãos Jadico e Lucas Lauro.

– Achamos que ele ia fazer algo ruim com os dois meninos – explicou Jadico.

– Mas eles não são crianças – protestou Pimba.

– Não são mesmo – confirmou Cacau. – São meio monstrinhos.

– Ai, não! – Zazá se benzeu, sendo imitada por Úrsula.

– Para onde eles foram de verdade? – perguntou Niquinho.

– Estão ali naquele canteiro maior, deitados no meio das flores – entregou Lucas Lauro.

– Força, gente! Vamos logo para o castelo. Esse fulano mal-educado está quase chegando lá. Se ele consegue, por que nós não vamos conseguir? – Seu Gumercindo decidiu retomar a marcha.

Ele voltou com o "alabum, ticauaca, ticauaca, ticabum" para incentivar a garotada.

A turma se interessou, principalmente por causa daquela corrida maluca. Todos os competidores já tinham passado pela entrada do castelo. Os meninos viram o chapéu do homem desaparecendo lá dentro. Criaram ânimo e foram seguindo Gumercindo.

Menos Taquinho e Niquinho, que, cheios de curiosidade, resolveram espiar quem estava escondido entre os crisântemos. Não acreditavam em monstros, mas, se fossem só crianças fantasiadas, por que estariam fugindo do sujeito de que ninguém tinha gostado?

Dolores não tinha como controlar as meninas, cada uma acrescentando com muita agilidade um pedaço novo à história.

– Os primos já tinham bebido muita água barrenta, quando a avó que colhia crisântemos vermelhos para preparar uma deliciosa torta viu aquele gigante com metade do corpo dentro da água fazendo uns movimentos bruscos e imaginou que ele estivesse apanhando trutas com as mãos – falou Prisca num jato só e sem piscar.

– A velha rainha... – ia dizendo Max.

– Você não deveria dizer "velha", é uma palavra pouco educada... – Dolores conseguiu interromper a menina, mas Max retomou a narração, muito decidida.

– A rainha, com sua inestimável experiência de vida, logo se lembrou de que seus netos adoravam trutas. Ela ficou com água na boca quando imaginou um molho de manteiga e amêndoas, mas também se lembrou de que era época de pinhões, que ficavam igualmente deliciosos com a carne macia do peixe. Daí resolveu ir até o lago para comprar algumas trutas bem grandes daquele pescador enorme – disse a garota, subindo numa cadeira, para mostrar que o tal homem era bem mais alto do que ela.

– Com medo de que o gigante fosse embora, a rainha correu em sua direção, assustando o homem, e então viu que ele, na verdade, queria matar seus netos – acrescentou Alda, sacudindo suas pulseiras reluzentes.

Para dar mais dramaticidade à sua parte, Griselda, já bastante descabelada, se levantou e colocou as mãos em concha em volta da boca.

– "Assassino, assassino!", gritou, enlouquecida, a rainha-avó. Então ela ameaçou o gigante: "Você vai me pagar caro, muito caro, seu canalha!".

Priscila soltou uma gargalhada estrondosa, tentando, em seguida, imitar a voz que Gris tinha inventado para a rainha:

– "Vou transformar você em uma pedra, seu velhaco à toa e sem-vergonha! Como ousa tentar matar os netos da rainha?". No mesmo instante – Prisca voltou a falar com a própria voz –, ela tirou um anel do bolso, um anel mágico, e gritou as palavras de sortilégio: "alachabum, alachauaca", e o homem foi transformado numa estátua de pedra.

Quem tomou imediatamente a palavra foi Griselda, atropelando a vez de Max ou de Aldana.

– Mas ela não sabia que aquele sortilégio também afetaria o menino e a menina que o gigante velhaco, canalha e sem-vergonha não tinha conseguido matar. Os meninos também viraram pedra.

– E a rainha começou a chorar e a berrar... – ia dizendo Alda, rapidamente interrompida por Max:

– Ela não sabia que o anel que segurava e agitava no ar tinha o poder de transformar em pedra todas as pessoas que estivessem próximas.

– Apesar de sua inestimável experiência, ela não tinha os meios de reverter a magia. Começou a soluçar e a puxar os próprios cabelos... – Gris, fazendo mímica, se apressou a levar sua contribuição à história.

Dolores aproveitou a brevíssima pausa e perguntou:

– Mas as crianças, coitadinhas, ficaram ali com o gigante, transformadas para sempre em pedra?

A pequena Priscila respondeu, com um sorriso de superioridade:

– Não, minha querida, não ficaram, não. A sorte deve ter sido convencida pelo pranto da vovozinha e resolveu dar uma oportunidade às crianças. Assim que endureceram, as mãos do gigante soltaram suas vítimas, que conseguiram nadar até a margem, mas tinham sido transformadas em ...

– Uma lebre – disse Aldana.

– ... E uma tartaruga – completou Griselda.

Prisca foi em frente:

– O gigante percebeu que ele também estava ficando mole, mas continuou se fingindo de estátua enquanto a rainha estava por perto. A sorte, ao ter pena das crianças, indiretamente beneficiou o mago. Ele teria, quando quisesse, como voltar à aparência normal ou asumir qualquer outra, já que sabia inúmeras fórmulas mágicas.

Maximiliana arrematou:

– A rainha, desesperada, se arranhou toda, pois ela mesma tinha enfeitiçado os netos. Sua dor era tão intensa que os deslumbrantes crisântemos vermelhos que mandara plantar em seu castelo enegreceram no mesmo instante.

– Nós vamos ajudar você, madame Marguerite! – Naná, impulsivamente, prometeu.

– Vocês caíram do céu! – disse Marguerite emocionada, apertando com força as mãos dos dois colegas.

"Caímos mesmo", pensou Naná, começando a se preocupar, pois não tinha a menor ideia do que poderia fazer. E se dirigindo a Charles:

– Vamos, não é verdade?

– Claro – ele disse. – Se você me explicar como!

– O que você acha, madame, que nós podemos fazer? – a menina tentou outra saída. Marguerite, mudando bem rápido de atitude, não demorou a responder:

– É simples, vocês têm de pegar o mago para mim, têm de dar um jeito nele!

– Simples? – Charles mal acreditava no que tinha ouvido.

– Simples, mas complicado, não é? O mago vive se disfarçando, é o campeão dos truques. E ainda pode enfeitiçar vocês, se não ficarem espertos.

Sem atentar ao final da frase da mulher vestida com a estampa de margaridas, Naná expressou o que lhe pareceu uma ideia fantástica:

– O corvo! Se o corvo for o próprio bruxo disfarçado, basta que a gente o coloque numa gaiola!

– Mas e se ele não for o bruxo? – Charles questionou.

– Mesmo assim a ideia dela é boa – madame Marguerite considerou. – O corvo está com o anel das mutações. Se a gente tirar o anel dele, não só teria a chance de desembruxar Marie-Valérie e Jean-Jacques como poderia transformar esse feiticeiro sórdido em uma minhoca.

– Por que uma minhoca? – Naná ficou curiosa.

– Porque a gente pode jogar no lago para ela servir de comida para os peixes.

Naná achou a ideia muito radical, mas antes de discordar precisava de outra solução para castigar o bruxo – apenas não tinha atinado ainda com a mais eficaz.

Charles, incapaz de decidir se o bruxo era ou não o próprio corvo, não imaginava um modo de capturar o pássaro e também nunca se valeria do anel das mutações para transformar qualquer pessoa em uma minhoca. Mas daquela função madame Marguerite, com certeza, iria querer se ocupar pessoalmente.

A ideia de um deles usar o anel não passava pela cabeça de Naná. Ela tinha registrado muito bem que a joia só serviria no dedo de um cavaleiro. Achava que nem ela nem Charles, muito menos Marguerite, tinham qualquer semelhança com um cavaleiro.

Foram então surpreendidos por um grande alarido, e acreditaram que novos visitantes estavam passando pelo portão do castelo e já vinham subindo os degraus até a torre.

Marguerite abriu um largo sorriso ao ver uma tartaruga cavalgada por uma lebre surgir na sacada.

– Jean! Marie! Meus netos!

Mas o sorriso desapareceu rápido, sendo substituído por uma expressão de desencanto e frustração. Uma tartaruga sozinha apareceu, e atrás dela vinha outra com mais uma lebre nas costas.

Naná, antes de Charles, entendeu que aqueles só podiam ser os animais que o mago manipulava para caçoar da mulher que enrolava os erres.

Ao ouvir a voz de um homem, Marguerite abaixou a cabeça, puxando o casaco para a frente do corpo, como se pudesse se esconder dentro dele, mas não pôde evitar seu grito de aflição. Se já não se mostrava tão triste, parecia ter perdido também a coragem.

Os dois colegas reagiram de outro modo, com uma autêntica manifestação de alegria. Tinham acabado de reconhecer a cabeça de seu Gumercindo, que vinha terminando de subir a escada.

Quando viram que Niquinho e Taquinho se aproximavam deles, a lebre e a tartaruga com cara de gente se prepararam para fugir. Eles conseguiriam facilmente, pois os dois amigos estavam cansados e não dariam conta de persegui-los.

Niquinho, vendo que a outra dupla começava a se afastar, quis desistir. Mas Taquinho resolveu tentar uma conversa:

– Não fujam da gente! Nós não somos inimigos! Quem sabe podemos ajudar vocês?

A lebre sacudiu a cabeça, dando a entender que não confiava na proposta, mas a tartaruga interrompeu a fuga e gritou, com voz humana:

– Cheguem um pouco mais perto, mas não muito. Não custa conversar. De onde vocês vieram?

Apenas Taquinho e a tartaruga falavam, cada um também representando o seu parceiro.

– Nós viemos com uma excursão. Estamos com nosso motorista, seu Gumercindo.

– E onde está o carro de vocês? Não escutamos nenhum barulho de motor.

– É que hoje estamos a pé. O jardim não fica longe de nossa escola.

– Não tem nenhuma escola por aqui, só um castelo.

– Mas a gente não sabia do castelo.

– Vocês não sabem de muita coisa, mas apareceram bem aqui e neste momento. Que engraçado!

– Engraçados, nós? E vocês, então?

– Nós estamos encantados, vocês não estão?

– A gente? Por que você acha isso?

– O feiticeiro que nos encantou pode ter feito com que vocês se fingissem de gente para nos enganar e nos levar até ele.

– Se não somos gente, o que nós somos?

– Mais algumas dessas lebres e tartarugas sob o comando dele.

– Eu sei que você não é uma tartaruga porque você fala como gente. Se eu não fosse gente, estaria falando?

– Está certo, você me convenceu. Podem se aproximar, mas antes quero ouvir a voz de seu companheiro.

– Olá, eu sou o Nicolau. Pode me chamar de Niquinho, e ele é o Taquinho, quer dizer, o Eustáquio.

– Meu nome é Marie-Valérie. E o meu priminho é o Jean-Jacques. Vamos, Jean, diga bom-dia para Tiquinho e Naquinho.

– Bom dia, Tiquinho e Naquinho – repetiu Jean, de um jeito contrariado.

– Taquinho e Niquinho! – corrigiu Taquinho.

– Desculpe, é que nós somos estrangeiros, às vezes nos confundimos com os nomes que vocês usam – disse a menina-tartaruga.

– Mas vocês falam igual à gente – percebeu Niquinho.

– Minha avó disse que criança aprende outra língua mais fácil que adulto. Ela fala muito diferente, vocês precisavam ouvir.

– Chega de papo! – falou Jean-Jacques, bravo. – Vocês vão ajudar a gente ou não?

– O que querem que a gente faça? – perguntou Niquinho.

– Queremos encontrar a nossa avó. Vimos quando ela entrou no castelo, mas aquele sujeito chegou lá antes de nós – explicou Jean, o menino-lebre.

– O bruxo também viu a vovó. E veio atrás dela com um monte de bicho parecido com a gente para que ela não pudesse nos reconhecer – Marie acrescentou.

– Puxa! – Taquinho começou a achar tudo muito complicado.

– E aí, vão ajudar ou não vão? – perguntou Jean, sem muita paciência.

– Vamos sim, claro! – disse Niquinho.

Taquinho olhou para o amigo, espantado. O que os dois poderiam fazer sozinhos contra um bruxo capaz de transformar crianças em animais?

– Nós somos onze, e estamos com um adulto – explicou Niquinho. – Lebres e tartarugas não são agressivas. Portanto, temos só um inimigo. Vamos surpreendê-lo. Meu plano é que a gente chegue devagarzinho e em silêncio nesse castelo. Nossos amigos já estão bem pertinho de lá. Vou assobiar para avisar que nos esperem. Venham conosco!

– Certo! – concordou Jean-Jacques.

– Certo! – concordou Marie-Valérie.

– Certo! – concordou Taquinho, boquiaberto com a rapidez com que seu amigo tomara uma decisão. Ele nunca esperaria que Nicolau pudesse agir assim.

– Acho que a gente poderia abreviar a nossa história – Dolores sugeriu.

– Então foi tudo ficando triste demais naquele reino. – Alda ignorou o comentário da diretora, ajeitando a tiara que parecia apertar sua cabeça. – A rainha mandou que todos se vestissem de roxo, porque não existe nenhuma alegria nessa cor...

– Mas a outra rainha esperava que sua vida se transformasse. Ela se vestiu de amarelo para chamar a alegria e tentou pintar o mundo da mesma cor, mas continuava sozinha – Max continuou, puxando a saia para baixo, pois suas pernas estavam cada vez mais compridas.

– Ela não dava conta de ser feliz sozinha. Comprou um livro de piadas e lia em voz alta, mas foi parando de rir à medida que passava as páginas. Não havia ninguém para rir com ela – Griselda teve uma súbita necessidade de prender os cabelos, e suas mãos logo empilharam uma espécie de coque no alto da cabeça.

– Como é que uma rainha ficava tão só? Não é possível que não existissem outras pessoas em seu reino – ponderou Dolores.

Apertando os olhos, Prisca se apoderou do fio da história:

– É claro que tinha gente, gente demais, mas essa gente não tinha nada a ver com a rainha. E as famílias escondiam seus filhos, com medo de que Sua Majestade resolvesse adotá-los. Era um pessoal muito egoísta, ninguém tinha pena da soberana...

– Tal rainha, tal povo – comentou Dolores, pensando no mal que aquela personagem tinha feito à vizinha e seus netos.

– Ela ainda mandou plantar girassóis em seu jardim, mas logo se cansou daquela alegria que só ficava nas plantas e nas coisas, já que ela mandava vir para o castelo tudo que fosse amarelo, principalmente se tivesse a cor do ouro... – Max começou a sentir a blusa apertando seus ombros e seus braços.

Alda aproveitou para retomar a narrativa:

– Então ela percebeu que grande bobagem era se cercar de flores e objetos amarelos. Dourado era tão mais bonito, mais brilhante, mais denso, mais sólido. Encheu os armários de pratos e talheres de ouro. E passou a usar brincos e cordões de puro ouro... – E nesse momento a tiara, que não cabia mais na cabeça da mocinha, deu um pulo e foi ao chão, se partindo em duas.

Prisca esvaziava os bolsos à procura dos óculos e não os encontrava. Mesmo assim, decidiu ir em frente:

– Até que um dia teve uma ideia. Mandou chamar o feiticeiro para lhe fazer companhia. Ele podia ficar embruxando e desembruxando os bichos ou os empregados do castelo, enquanto a rainha experimentava roupas novas, tecidas com fios de ouro.

Os ombros de Gris se curvaram para a frente, sardas começaram a aparecer em suas mãos e em cada uma delas despontava uma veia azulada. Ela prosseguiu, olhando para as mãos, tão diferentes do resto do corpo, ainda juvenil:

– No reino vizinho, a velha rainha, era velha, sim, deixou de lado toda sua inestimável experiência e assumiu sua tristeza. Mandou tingir de roxo seus vestidos e pintar de roxo todas as paredes do palácio.

Ouviu-se então uma música muito confusa, cheia de sons estridentes, e então cada menina, cada vez mais adulta, fugiu da sala. Elas tiveram certa dificuldade para pular a janela.

Foi quando Gudesteu reapareceu.

– Você precisa dar alguma coisa para elas. – Dolores fez o pedido ao mordomo, pois o que estava acontecendo com as outras quatro não era muito agradável de se ver. E acrescentou: – O sumo de luar, por exemplo.

– Lamento, mas você bebeu tudo. Agora elas vão ter de esperar o tempo passar bem devagar. Infelizmente, sem a minha presença.

Incapaz de, por si mesma, alterar os rumos que as coisas tomavam, a diretora teve a certeza de que o homem, tão frio, não iria ajudar mais ninguém a escapar das confusões com o movimento do tempo.

O mordomo empurrou as cortinas e abriu a porta, disposto a ir embora, mas antes de sair pegou algo na vitrine da loja.

– Seu Gumercindo, que bom que está aqui! – Charles ficou feliz por reencontrar o motorista.

– Oba! – Naná gritou. – Agora sim, nós vamos dar um jeito de salvar nossa amiga, madame Marguerite!

– Olá – Gumercindo cumprimentou a todos de uma forma muito negligente.

Marguerite, que tinha escondido o rosto numa aba do casaco, se animou a olhar para ele e perguntou:

– O que está fazendo aqui, moço?

– Nós estávamos juntos – explicou Charles. – Ele estava comandando nossa excursão. Eu não imaginava que ele nos encontraria, pois Naná e eu nos perdemos do grupo.

Naná tinha corrido para abraçar o amigo, mas parou no meio do caminho.

– Que botas são essas, seu Gumercindo? – ela estranhou.

– O que têm as minhas botas? – respondeu ele, de um jeito rude.

– Você estava de tênis, eu me lembro – falou a menina.

– Mas a camisa florida é a mesma – Charles notou.

– Crisântemos vermelhos, que interessante... – falou Marguerite, com os erres bem fortes, ao examinar o estampado da camisa.

Gumercindo empurrou Naná e foi se acercando de Marguerite, que deu um passo para trás.

– Acho que você não é o seu Gumercindo – gritou Naná.

– Claro que sou, menina tola!

– Então prove que é! – ela replicou. – Cante o "alabum ticabum".

– Alabum? – ele perguntou, mais interessado em observar os movimentos esquivos da mulher com o sotaque que fazia as palavras rasparem na garganta.

– Isso mesmo, aquela canção escoteira – interveio Charles, que passou a partilhar da desconfiança de Naná, pois seu Gumercindo não estava nada amigável com eles.

– "Alabum, ticabum,
alabum, ticauaca..."

A menina tinha começado a cantar e parou. Charles insistiu para que o homem continuasse.

Ele então, sorrindo, entoou:

– Alachabum, alachauaca... rê-rê-rê...

– Não! – gritou Marguerite, de novo apavorada.

– Quem é esse sujeito? – Charles perguntou, enquanto puxava Naná para longe do indivíduo que tinha a cara e a camisa iguais à do motorista do ônibus escolar.

Os meninos estavam de olho naquelas botas, que já não pisavam o chão. O sujeito, praticamente voando, agarrou madame Marguerite pelos ombros.

Primeira a perceber os assobios repetidos de Taquinho, pois ele conseguiu assobiar mais forte que Niquinho, Nini fez com que Gumercindo se voltasse e visse os dois colegas tentando correr para alcançar o resto da turma.

– Esperem por eles! – pediu Íris, a segunda entre as crianças a se dar conta do que se passava.

Gumercindo olhou rapidamente de volta para o castelo, em cujo portão despareciam, aparentemente, as últimas lebres. Depois constatou que uma lebre e uma tartaruga tinham ficado para trás. Essas eram mesmo as últimas e pareciam acompanhar os dois garotos.

Os nove meninos e meninas que estavam por ali se acercaram do motorista. Esperando por uma decisão dele sobre o que deveriam fazer, cada um aproveitava para ganhar mais fôlego para ir adiante.

Úrsula então gritou:

– Os monstrinhos estão com eles!

– Será que nossos colegas viraram reféns dessas criaturas? – perguntou Zazá.

Pimba e Cacau convidaram Jadico e Lucas Lauro para que os quatro libertassem Niquinho e Taquinho.

– Libertar, como assim? – falou Gigi. – Ninguém está preso. Eles estão vindo juntos.

– É verdade – Gumercindo se certificou.

A turma ficou olhando, admirada, a aproximação dos outros quatro. Admirada não só porque vinham conversando entre eles com muita naturalidade, mas também porque os dois bichos falavam língua de gente.

E quando chegaram mais perto, os animais ficaram em pé, igualzinho aos seres humanos. Houve quem, mais uma vez, achasse que eram apenas crianças fantasiadas, mas quando Marie-Valérie deu a mão para Íris, dizendo “olá”, a garota, geralmente tão sensata, desmaiou, caindo aos pés da tartaruguinha encantada.

“Mais essa agora!”, pensou Gumercindo, sem saber como reagir. Gigi e Nini tentavam levantar a colega. Só conseguiram depois que Cacau resolveu ajudar.

Com os olhos vidrados, Íris oscilou um pouco mas conseguiu se manter em pé sozinha.

"Ah, ela desmaiou... Ou está em transe, puxa vida." Gumercindo não queria falar o que pressentia para não assustar a turma.

– Íris! – gritou Zazá. – O que está acontecendo com você?

– Cuidado! Temos que ter muito cuidado ao passar por aquela porta – a voz de Íris soou diferente, parecida com a de um robô.

– Talvez a gente deva voltar daqui... – propôs Gumercindo.

– De jeito nenhum! Naná e Charles estão lá dentro e correndo perigo! – Íris afirmou cheia de certeza.

Dolores viu que o mordomo se afastava levando o único objeto que tinha ficado na vitrine da loja. Mesmo desconfiando que Gudesteu tivesse roubado o relógio cuco, não correu atrás do homem. Mas ainda poderia avisar Priscila Vetusta.

Ela foi então até a passagem por onde as meninas tinham entrado e saído. A abertura tinha ficado mais alta e estreita. A diretora teve de empurrar a cadeira em que antes esteve sentada para poder alcançar a janela, que continuava subindo e afinando.

Olhou pela janela e viu uma cozinha muito grande, escura e fora de moda, com armários, fogão, pia, panelas e caldeirões muito antigos. Num canto menos atulhado, Max, Alda e Gris tinham tirado suas roupas infantis e enfiavam as que usavam antes. Mas não tinham acabado de crescer e seus vestidos e chapéus ficaram bastante largos. Pareciam mocinhas brincando de imitar mulheres adultas.

Custou a perceber Prisca abaixada, revirando um armário. Ainda usava o vestidinho roxo escuro que começava a descosturar na cintura e debaixo dos braços. Finalmente ela encontrou uma vasilha na qual rapidamente amassou algumas folhas, jogou água e pôs para ferver, com certa dificuldade para acender o fogão, ainda alto para ela.

– Priscila! Ei, Prisca! – Dolores chamava a adolescente, que parecia não ouvi-la.

Daí a pouco, sem que as outras três, entretidas com suas próprias vestes, percebessem, Priscila Vetusta, já de posse de seus óculos, derramava num copo de barro a beberagem que fabricou com tanta pressa.

Bebendo sofregamente, finalmente se deu conta de Dolores, que perguntou o que ela estava fazendo.

– Tomando meu chá de ervas mágicas – explicou. – Não vou voltar tão rápido ao normal porque você consumiu todo o sumo de luar. Mas vou andar com muita rapidez.

Ela então arrancou as roupas, enfiou-se em um quimono de seda preta, subiu num balcão e alcançou a janela, por onde passou com muita dificuldade, pois uma perna ficou presa e custou a se soltar.

– Jogue para mim essa toalha! – pediu a Dolores.

A diretora lançou para a antiquária a toalha de renda negra que enfeitava a mesa posta para o chá das cinco. Priscila se cobriu com a enorme teia de aranha e no mesmo instante seu corpo foi escurecendo até chegar à cor de uma noite profunda e sem estrelas.

Estava praticamente voando ao passar por Dolores.

– Onde foi parar o Gudesteu? – perguntou, antes de abrir a porta.

– Saiu e levou com ele o cuco... – A diretora não tinha certeza de ter sido ouvida. A moça-aranha desapareceu de sua frente.

– Tire suas mãos de mim, seu mal-educado! – Marguerite tentava empurrar o clone de Gumercindo para que ele a largasse.

Charles e Naná começaram a puxar o homem pelas roupas, quando um bando de tartarugas passou bem perto deles. O sujeito acabou tropeçando num dos animais, o que permitiu à mulher se soltar e fugir.

Ele, no entanto, agarrou os dois meninos, cada um por um braço, e, demonstrando uma força descomunal, começou a sacudi-los por cima da amurada do castelo.

– Socorro! – Charles, ao ver a altura que havia entre ele e o chão, soltou um grito apavorado.

– Não faça isso! – suplicou a mulher, tentando abrir uma porta por onde pensou que poderia fugir.

– Vou jogar primeiro o menino e depois a menina, se você não me contar o que eu quero.

– O que você quer saber? – Marguerite tinha conseguido abrir a porta e estava passando um pé pela abertura ainda estreita.

– Eu sei que o anel estava escondido aqui, e tenho certeza de que vocês o encontraram. Vamos, me entregue agora ou essas crianças vão se espatifar no fosso lá embaixo.

– Você, Ranulfo! – Marguerite reconheceu o feiticeiro.

Para ela, ficou claro que o bruxo tomara aquela aparência para surpreendê-la desprevenida, copiando o corpo de alguém que os meninos imaginaram ter reconhecido.

– Mas eu não estou com o anel! – a mulher explicou.

– Não minta para mim. Eu sei que você está atrás dele para que seus netos voltem à forma humana.

– Não está com ela! – protestou Charles.

– Está com o corvo! Nós achamos a joia, mas o corvo veio e a roubou – gritou Naná com a voz trêmula, pois estava sendo sacudida acima do ombro do clone de Gumercindo.

– Seu Gumercindo! – Charles gritou, bastante confuso.

Um outro motorista tinha aparecido atrás daquele que ameaçava lançá-los pelo ar.

Naná conseguiu olhar para os pés do recém-chegado e se certificou de que aquele era o verdadeiro, pois usava tênis. Por um momento ficou aliviada.

– Solte meus garotos! – Gumercindo gritou. E aquela era mesmo a voz dele.

– Claro que não vou soltar – disse Ranulfo, pondo os meninos no chão, ao sentir que poderia ser atacado, mas apertando bem o braço de cada um.

– O que eles disseram é verdade. O anel está com o corvo, que só pode pertencer àquela mulher! – Marguerite tentava, inutilmente, convencer o bruxo a não fazer nada com as crianças. Mas o homem olhava em outra direção. De repente, estava apavorado.

Puxando os garotos, deu um safanão na dona do casaco verde e do vestido de margaridas. Empurrou com o ombro a porta por onde ela iria fugir e levou com ele Naná e Charles.

Marguerite ficou tão assustada quanto o bruxo, pois, atrás de Gumercindo, vinham dois cavaleiros usando armaduras, portando suas espadas e seus escudos.

O motorista sabia que não era hora de cantar, mas deixou escapar:

– "Mas o muro é muito alto,
Olê, olê, olá!
Mas o muro é muito alto,
Olê, seus cavaleiros..."

Quando todos tinham concordado com a proposta de Íris, mesmo ela agindo como se estivesse sonâmbula, decidiram subir à torre de um modo que confundisse a atenção do feiticeiro.

Foi Jean-Jacques quem chegou à conclusão de que o perigo lá em cima, para o qual a menina alertara, era Ranulfo, que faria tudo para impedir a avó de desencantá-lo e à sua prima, já que fora contratado para prejudicar Marguerite por alguém que a invejava profundamente. Talvez a avó até estivesse com o anel, pois o procurara por toda parte. Se fosse assim, teriam de impedir o bruxo de roubá-lo.

Niquinho queria que subissem todos juntos, pois seriam muitos e poderiam dominar o mago. No entanto, Íris não aceitou o plano, no que foi apoiada por Marie e Jean.

– Ele é muito esperto e tem a força de um gigante, mesmo se tiver retomado seu aspecto humano – disse o menino-lebre.

– Então como vamos fazer? – perguntou Gumercindo.

– Você vai na frente! – decidiu a menina sonâmbula.

Ninguém prestou atenção no que Íris murmurou em seguida. Se tivessem escutado, teriam percebido que ela chamou duas vezes o nome de dona Dolores.

O motorista não gostou de ter de enfrentar alguém tão mais forte do que ele, mas não poderia mandar nenhuma criança em seu lugar. Engoliu em seco e concordou.

Os meninos começaram a juntar paus e pedras que encontraram na entrada do castelo. Queriam defender Gumercindo, caso ele estivesse em desvantagem numa luta contra o bruxo. Na verdade, não acreditavam muito que o motorista tivesse alguma chance. Zazá, bisbilhotando o que parecia um depósito abandonado, encontrou algo interessante.

– São armaduras! – Úrsula identificou.

Pensando em resguardar Gumercindo de algum golpe mais perigoso, as duas meninas fizeram com que ele experimentasse aquela proteção. Mas as peças, meio enferrujadas, não se ajustaram no candidato a cavaleiro.

E lá se foi o motorista, com sua camisa florida e seus tênis, sem arma nenhuma para combater o bruxo. Ele se benzeu, rezou uma oração e decidiu confiar no acaso. Pelo menos não faria barulho nenhum para que sua entrada não fosse antecipadamente percebida.

Só que um ruído de lata batendo no chão começou a ser ouvido nos degraus mais baixos. É que Pimba e Cacau viram que aquelas roupas tão duras serviam neles. Os antigos donos deviam ser bem baixinhos.

Foram os dois, então, cada um levando um escudo e uma espada, que promoveram um grande estardalhaço lá no alto da torre. Como poderiam imaginar que Ranulfo teria tamanho medo daquelas roupas que pareciam de lata?

Não sabiam nada a respeito da profecia sobre os cavaleiros. Um deles poderia ser declarado o dono do anel, e, portanto, possuidor de uma força ainda maior do que os poderes do mago.

Dolores entendeu que não tinha mais nada a fazer ali. Estava preocupada com suas outras companheiras de chá, que, mesmo aos poucos, estavam crescendo. Achou que não as veria mais, pois a janela entre elas foi virando praticamente uma linha, de tão estreita, e logo sumiu entre o limite da parede e do teto. Um pensamento a consolou. Imaginou que, quando coubessem de novo em seus vestidos, seus chapéus e suas luvas de renda, as três saberiam como deixar aquela cozinha. Deveria existir alguma porta dos fundos.

Sentiu pena por não poder se despedir de ninguém, já que a dona do Raríssimo Antiquário fora embora sem dizer adeus, tão apressada para chegar sabe-se lá aonde.

Olhou em volta. O salão parecia normal, com seus móveis de outra época e a luz filtrada pelo vitral da única janela que tinha permanecido, voltada para o exterior da casa. Foi então que tropeçou no carrinho de chá que Gudesteu tinha abandonado no meio do caminho, logo ele que parecia um criado impecável, vestindo-se e agindo da forma como se mostrara.

No carrinho, estava o prato do bolo com cobertura de crisântemos negros, que não tinha nenhum gosto especial mas era feito de acordo com uma receita muito secreta. Ainda restava uma fatia.

Dolores não resistiu e passou o dedo no glacê e o levou à boca. Fechou os olhos e se lembrou imediatamente de quando era pequena e viajava com seu avô para a Serra das Lianas, onde não havia crisântemos roxos e tristes, mas sempre-vivas coloridas.

Ela se sentou no chão e sentiu uma vontade enorme de ser criança, brincar de princesa num castelo onde seu avô era o rei. Bastava mastigar aquele último pedaço de bolo. Ser adulto costuma ser muito aborrecido. Muitas vezes ela queria ser igual aos seus alunos. Se pudesse, passaria uma tarde inteira só brincando...

Ela podia passar brincando aquela tarde! Teria de brincar sozinha, pois suas companheiras já haviam deixado de ser crianças e nem estavam mais por ali. Mas não se importava de ficar só. O lugar era tão propício para se inventar um mundo inteiro de faz de conta. Ela adorava passar na porta do Raríssimo Antiquário, às vezes não resistia e entrava para examinar de perto os objetos que a loja exibia.

Foi assim que, mesmo sem conhecer Priscila Vetusta, acabou recebendo o convite que tanto a interessara. Priscila, entretanto, não tinha sido muito correta com ela em especial. Dolores foi a única que não chegou até o fim do propósito daquela reunião. Não virou uma Dodô de verdade, pois a anfitriã quis que ela continuasse adulta para poder tomar conta dos jogos a que as outras quatro se entregavam. Ela teve de agir como a professora e diretora que tinha se tornado. Prisca, Gris, Alda e Max se divertiram enquanto isso.

Ela também poderia ter brincado muito. Teria um vestido roxinho ou lilás. Não, seu vestido seria estampado, ou bordado de sempre-vivas. Daria um jeito de abrir alguma porta e encontrar um quintal, onde pudesse correr e subir nas árvores. Ah, era tão simples. Bastava comer aquele pedaço do bolo. Ele tinha ficado ali só para ela...

"Dona Dolores, dona Dolores", uma vozinha de repente entrou ali, mas vinha de muito longe. Parecia tanto a voz de Íris. Na mesma hora ela se lembrou de seus alunos, que deixara com Gumercindo para vir ali tomar chá. E se algo estivesse acontecendo com a turma no Jardim das Margaridas?

Como tinha sido egoísta e irresponsável! Não agira como uma verdadeira adulta. Tinha ido atrás de seu gosto por antiguidades, porque coisas velhas lembravam outras épocas, onde tudo tinha um ar meio mágico. Tinha ido para lá brincar de casinha com quatro velhas malucas que, assim como ela, queriam voltar à infância.

Ainda teria tempo para se reunir com Gumercindo e a meninada, imaginou. Pensou em colocar na bolsa a última fatia do bolo, chegou a embrulhá-la num guardanapo, mas por fim decidiu jogar aquela coisa enfeitiçada numa lixeira que havia bem ao lado da porta do antiquário.

Certificou-se de que sua bolsa estava em ordem e puxou a porta. Puxou várias vezes, porque não abria fácil. Agarrou a maçaneta com muita força, deu um tranco e conseguiu o que pretendia. Mas caiu de barriga do lado de fora, batendo a testa no chão da rua.

Ranulfo, depois de empurrar os dois colegas para o fundo daquele quarto pequeno, sufocado e escuro, trancou a porta. Naná e Charles, não fosse pelo fato de aquela porta se abrir por dentro, julgariam que estavam encarcerados na cela de uma masmorra.

O falso Gumercindo, de péssimo humor, mandou que eles ficassem quietos, pois pensava num jeito de escapar.

– Posso dar uma sugestão? – Naná perguntou.

– Fique quieta, já mandei!

– Bom, me desculpe – a menina insistiu –, mas está vendo a luz passar pela greta na porta?

– E daí?

– Se o senhor é um mágico, por que não vira um inseto e foge por ali?

– É mesmo – Charles decidiu reforçar a sugestão da amiga.

– Vocês acham que eu sou bobo? Eu viro um inseto e vocês me esmagam!

Os meninos se calaram, muito tristes. Era isso o que Charles, pelo menos, havia pensado.

Naná então deu outra sugestão:

– O senhor poderia nos transformar também em insetos!

– Naná, você está louca? – O menino achou aquilo uma péssima ideia.

– É que eu sempre quis ser uma joaninha!

– Não é nenhuma besteira, afinal! E você, menino, queria ser o quê? – perguntou Ranulfo.

– Um urso! – Ele ainda tinha esperança de enganar o bruxo.

– Vocês vão virar duas joaninhas.

– Naná... por quê? – Charles não se conformava.

O homem começou a pular numa perna só, estalando os dedos da mão, enquanto pronunciava palavras mágicas:

– "Mula branca,
passarinho azul,
Papai Angu,
tichabinha, alachabinha,
eles vão virar joaninha!
Mula roxa,
vela amarela,
Mamãe Farofa,
alachabongo, tichabongo,
eu vou virar pernilongo!"

Pouco depois, duas joaninhas passaram pelo vão apertado da porta, enquanto o pernilongo saía pela fresta. Ele não foi percebido pela pequena multidão agrupada junto à amurada, mas também não reconheceu Jean-Jacques e Marie-Valérie com seus corpos de bicho. Os dois mal tiveram tempo de acenar para a preocupada avó, que refreou a vontade de abraçar os netos. Acreditando que o bruxo estivesse do outro lado da porta, pronto para fazer outra maldade com as crianças, ela fez um sinal para que os netos não se aproximassem dela.

Gumercindo não sabia o que fazer para destrancar a porta que há bem pouco abafava as vozes do homem e das crianças. O silêncio lá dentro o alarmou. Marguerite, tentando sufocar sua angústia, também não conseguia tomar uma atitude.

Foi Jean-Jacques quem se dirigiu aos dois cavaleiros:

– Não vão usar suas espadas?

Cacau e Pimba arremeteram contra a porta, mas Marie-Valérie, lembrando-se de que poderiam machucar Naná e Charles, pediu para que parassem.

– E agora, Íris? – Gigi se lembrou de perguntar a quem tinha se tornado a nova líder do grupo.

– Vamos esperar – respondeu calmamente a garota.

– Mas como? Vai querer vencer o inimigo pelo cansaço? – Marguerite perguntou.

– Não é bem isso. Esperem mais um pouquinho...

– Epa, vem chegando mais gente! – disse Niquinho.

– Amigo ou inimigo? – preocupou-se Taquinho.

– Como a gente vai saber? – perguntou Gumercindo.

– Melhor a gente não dar moleza – disse Jadico, brandindo uma pedra.

– Melhor mesmo! – concordou Lucas Lauro, erguendo um pau.

Um homem vestido de preto e sem cabelos chegou até eles, caminhando devagar e de um modo solene, trazendo um relógio cuco de aparência antiga.

– Gudesteu! – Marguerite o reconheceu.

– Vim propor um negócio – falou o mordomo, enquanto, a um sinal de Gumercindo, os dois irmãos soltavam o pau e a pedra.

– Ninguém quer esse relógio velho – disse a estrangeira.

– Será que não? Pois aguardem um minuto, ele já vai dar as horas.

Todos olharam para o objeto entre as mãos de luvas brancas que o seguravam com muita pompa.

Daí a pouco a portinhola acima do mostrador das horas se abriu e pulou de lá um corvo:

– *Croc*!

Mas, quando ele abriu a boca, um anel no formato de uma lebre e uma tartaruga caiu no chão.

Todos, menos Íris, se precipitaram para pegá-lo.

Logo se formou um bolo movediço de cabeças, mãos e pernas.

Ninguém conseguiu alcançá-lo. Um fio longo e muito fino tinha acabado de pescar o anel.

Dolores perdeu os sentidos por alguns segundos. Ao se levantar, custou a entender o que estava fazendo diante da porta do Raríssimo Antiquário. Tinha a vaga impressão de que escorregara porque estava com pressa.

Isto mesmo, ela estava atrasada para um chá que aconteceria no interior da loja. Achou estranho que não houvesse nada nas vitrines, apenas um pouco de poeira e a marca de um único objeto que teria sido recentemente removido.

A diretora bateu na porta, pois não viu nenhuma campainha. Esperou pacientemente, mas nada aconteceu, ninguém veio abrir.

– Dona Priscila! – gritou.

Voltou a bater e a chamar a proprietária da loja, sempre sem resposta. Resolveu consultar o relógio. Três horas e seis minutos. Será que o chá tinha começado sem ela? Procurou na bolsa o convite e releu seus dizeres. Droga! Lá estava escrito "início exatamente às 15 horas". E a recomendação: "Não se atrase!".

"Bom, não era para eu ter vindo", ela se convenceu, embora bastante decepcionada. Como gostaria de saber o que existia dentro daquela casa de atmosfera tão misteriosa... Ainda se lamentou pelo excesso de formalidade da anfitriã. O que são seis minutinhos de atraso? Embora não gostasse de quem deixa os outros esperando por muito tempo, aqueles poucos minutos bem que poderiam ser tolerados. Talvez ela não se sentisse à vontade na reunião. As outras mulheres – pois entendeu que seriam cinco participantes – poderiam ser muito esnobes e tratá-la com frieza. Ela até sorriu, pensando se não haveria um mordomo para servir o chá.

Mas não adiantava fantasiar. Ela nunca iria saber o que se passava naquele momento por trás daquelas paredes. Deu a última olhada na cortina fechada atrás da vidraça e desistiu de uma vez da aventura que prometia ser bastante imprevisível, por mais cerimoniosa que fosse.

Quando já caminhava pela rua, sem saber para onde ir e o que fazer, viu três mulheres vestidas de um jeito extravagante, todas de cabelos brancos, chapéus e luvas, acenando para um táxi que parou para elas. A última a entrar, uma senhora bem mais alta do que as outras, olhou para a diretora como se a reconhecesse.

O táxi logo arrancou, enquanto Dolores tentava imaginar de onde ela poderia conhecer a estranha figura. Pena que não reparou melhor nas outras duas.

Foi seguindo pela rua, caminhando sem pressa. Não tinha vontade de voltar para casa nem tinha nada para fazer na escola. Por que não aproveitar aquela tarde para um passeio pelo bairro?

Ao se aproximar de uma esquina, foi atraída por uma praça. Ah, o Jardim das Margaridas, tão calmo, tão simplesinho. Ela iria se sentar num banco, olhar os canteiros de flores, respirar um pouco de ar puro. Talvez tirar um cochilo.

Zazá teve a impressão de que outra figura encantada estava pertinho, parecida com os netos de madame Marguerite. A criatura que tinha acabado de pescar o anel pelo qual muitos brigavam era uma aranha gigantesca com cara de moça. Ela tinha usado um fio de sua própria teia, na qual se enrolava como se fosse um manto. O anel tinha passado pelo fio e, resgatado, girava entre as mãos dela.

Um a um, os outros foram se levantando, a maioria com o mesmo ar maravilhado, do qual não partilhavam a mulher com vestido de margaridas nem seus netos, os três com a expressão de quem estava vendo o diabo. O mordomo era outro que não gostara nada do aparecimento da intrusa. Íris presenciava tudo com um ar surpreendentemente alheio.

– Ela não pode nos roubar o anel das mutações – Marguerite chorava, desesperada.

Gudesteu quase enforcou o corvo:

– Quem mandou você soltar o anel, criatura?

Ele guardou o pássaro de novo dentro do relógio, enquanto Gumercindo e os meninos continuavam paralisados. Sem dúvida nenhuma estavam diante de um prodígio. A aranha escura ia, aos poucos, tomando a forma de uma mulher que usava um quimono de seda.

– Minha mestra Priscila Vetusta! – falou o mordomo, tentando se aproximar da patroa, a quem logo reconheceu na figura que se desvencilhava de sua teia, mas ela o repeliu com um empurrão.

– Você estava a ponto de me trair, seu pilantra descarado!

– Não me trate assim – Gudesteu suplicou, sem muita convicção.

Estava certo de que ia ser despedido. Ainda bem que tinha guardado o cartão de Aldana Alvina, a proprietária do maior brechó de joias da cidade. Sabia como ela estava precisando de um serviçal como ele.

Os meninos foram chegando mais perto de Prisca, uns perguntando "como é que pode?", outros dizendo "será que eu vi mesmo isso?", com os olhos arregalados ou balançando a cabeça, ainda incrédulos.

Gudesteu aproveitou a ocasião para sair de fininho, enfiando o cuco dentro da casaca.

Úrsula e Zazá não conseguiam piscar. A aranha que chegou com cara de moça continuava a se transformar. A cara ia enrugando, os cabelos embranquecendo.

Marguerite se ajoelhou na frente de Prisca, pedindo:

– Fique com o anel, mas desencante meus netos!

– Claro que vou ficar com ele! Eu o conquistei, ele é meu! Eu o pesquei, ele é meu! Com ele, vou ser poderosíssima.

A mulher foi enfiando o anel, mas ele não entrava de modo algum em seus dedos e acabou rolando pelo chão. Foi parar aos pés de Pimba, que, embora com dificuldade devido ao traje pesado que usava, conseguiu se ajoelhar e se apoderar do adereço tão desejado.

Íris, reta como um poste, gritou para ele, ainda com aquela voz de robô:

– Agora é a hora de salvar Jean e Marie. Ponha o anel!

– Devolva! É meu! – berrava Priscila Vetusta, logo contida por Marguerite e Gumercindo.

Mas, outra vez, o anel não serviu.

– Rápido, Cacau, tente você! – gritou Nini, impedindo que Lucas Lauro e Jadico tentassem se apoderar do enfeite mágico, cada um querendo se transformar em herói.

Mas o destino decidiu. Aquela dupla de lebre e tartaruga parecia ter sido esculpida para ornamentar a mão de Cacau, ainda vestido com sua armadura.

Marguerite, empurrando a menina-tartaruga e o menino-lebre para a frente dele, deixando que Taquinho e Niquinho ajudassem Gumercindo a segurar Priscila, completamente enlouquecida, pediu:

– Desencante os dois!

– Mas o que eu faço? – ele perguntou, muito nervoso.

– Diga uma frase com o nome de cada um! – Íris mandou.

Ele respirou fundo, fechou os olhos e pronunciou bem alto:

– Jean-Jacques e Marie-Valérie, vocês são seres humanos, ouviram?

Toda a turma começou a gritar e a se abraçar, enquanto orelhas, bigodes e pelos de lebre, casco e patas de tartaruga foram voando para longe.

As duas crianças retomaram seus corpos e a avó, agradecida e emocionada, beijava o rosto de Cacau.

Abraçada ao primo, Marie-Valérie sentiu um pernilongo zunindo perto de sua orelha. Ela lhe deu um peteleco, e o mosquito foi parar no chão, quase sendo esmagado por uma pisada de Jean-Jacques.

Cacau jogou seu escudo para o ar, gritando:

– Eu sou fera, gente! Derrotei a maldição das trevas!

• • •

Íris mandou que todos ficassem quietos. Quando conseguiu silêncio, disse para o cavaleiro Cacau:

– Está vendo as joaninhas?

– Onde? – Ele não as estava vendo.

– Bem aqui – mostrou Nini.

– Diga o nome delas, segurando o anel! – ordenou a menina sonâmbula.

– Isso mesmo! – madame Marguerite reforçou a ordem.

– Mas eu não sei o nome dessas joaninhas!

– São os nossos colegas, só pode! – Gigi compreendeu.

– Naná e Charles, vocês são seres humanos! – declarou o herói.

Charles e Naná logo voltaram a ser eles mesmos.

Madame Marguerite chamou a turma para ir com ela e seus meninos para a frente do castelo. Antes de subir até a torre, ela tinha escondido no vão de uma parede uma cesta de piquenique e uma toalha, pois tinha esperança de reencontrar os netos e comemorar o acontecimento tão importante com eles. Agora iria repartir com todos, mesmo que os pedaços da torta de maçã predileta de Marie-Valérie e Jean-Jacques ficassem fininhos.

– Vocês vão provar minha torta! É o mínimo que posso fazer por quem fez tanto por minha família.

Olhou para Priscila, dando a entender que o convite não a incluía.

– Essa aí nunca vai fazer um piquenique para os netos que ela não tem! – disse a avó, tirando o casaco verde, da mesma cor do gramado. Todos puderam ver as margaridas de seu vestido.

Priscila Vetusta, com cara de derrotada, foi tomando o caminho de volta. Daquela festa, ela estava fora. Arrastando-se atrás dela, ia um pernilongo, com as asas quebradas e as patas machucadas. Ranulfo, completamente grogue, se esquecera de suas palavras mágicas para conseguir voltar à forma humana.

Charles, ao receber seu pedaço de torta, perguntou a Naná:

– Por que você quis virar joaninha?

– É que joaninha sempre dá sorte.

Quando Íris foi ajudar Pimba a retirar seu elmo, tropeçou no resto da armadura. Ninguém percebeu que ela teve um rápido desfalecimento. Quando voltou a falar, não tinha mais aquele jeito de robô. Mas também não se lembrava de nada.

Cacau só tirou seu traje de cavaleiro quando não aguentava mais de calor. Tinha apenas erguido o elmo para conseguir comer.

– Obrigada por tudo! – disse a avó, sacudindo os últimos farelos da toalha, que guardou na cesta.

Os netos disseram adeus para Gumercindo e a turma. Acompanharam Marguerite, distanciando-se do castelo e sem olhar para trás. Tomaram o rumo dos bosques e do rio que eram vistos lá de cima, de uma das faces da torre.

Era a hora de voltar. O castelo ficava tão longe da outra margem do lago, por onde tinham chegado. Para animar a turma, Gumercindo voltou com a cantoria:

– "Apareceu a Margarida,
Olê, olê, olá!
Apareceu a Margarida,
Olê, seus cavaleiros"...

Como todos se sentiam muito cansados, não repararam que Íris estava estranhando tudo. Achava que havia sonhado com uma tartaruga lhe dando a mão e depois tinha ido parar no final de um piquenique. Estava intrigada com a menina e o menino que se afastaram com a mulher de roupa de margarida. Quem poderiam ser?

Nini, refletindo, achou bem curioso que a mulher se vestisse daquele jeito. Parecia até que era por causa da cantiga. O nome dela também não lembrava o nome da flor? E os nomes dos meninos, Jean, Marie... teriam algo a ver com João e Maria? Ainda bem que a história deles teve um final feliz. Aliás, as bruxas sempre perdem, felizmente.

O mais animado era Cacau, que logo se juntou à cantoria do motorista. Aos poucos todos aderiram e, de um modo surpreendente, foram se sentindo mais dispostos.

Então puderam, com menos dificuldade do que imaginaram, chegar ao ponto inicial, onde, depois do lago, começava o mato. Estranharam um pouco que a estátua do gigante cabeludo não estivesse mais no lugar. Já tinham visto tanta coisa fora do comum que nem precisavam de explicação para mais uma mudança.

– Estou morta de sono... – disse Úrsula, escorando-se em Pimba.

No espaço estreito entre o lago e o começo do mato cada um foi se sentando, lutando contra a vontade de dormir.

Por trás deles, uma marola maior se levantou da água e trouxe quatorze gotas que vieram borrifar as nucas de Gumercindo e dos treze colegas. Ao mesmo tempo, todos tiveram um arrepio. Mais um segundo e se livraram juntos daquele torpor.

Jadico foi o primeiro a gritar:

– Vamos embora, gente!

Lucas Lauro seguiu o irmão, esbanjando energia. Os outros foram se levantando, limpando a roupa dos restos de capim e da poeira. Ao esfregar os joelhos, alguma coisa escapou de um dos dedos da mão de Cacau, e ele não percebeu um anel rolar para perto de uns pedregulhos.

Charles deu um pulo e avisou aos outros:

– Acabei de me lembrar. O caminho para o Jardim das Margaridas é por ali!

– Até que enfim! – Gumercindo suspirou, aliviado.

Foram atrás de Charles. Não imaginavam que pudessem estar tão perto nem entendiam por que tinham rodado tanto em volta do mesmo ponto.

Ao chegarem, dividiram a mesma impressão nada positiva do lugar. Então era para aquela praça tão comum que estavam indo o tempo todo?

Naná achou as margaridas pouco inspiradoras. Nunca imaginaria alguém usando um vestido estampado com aquele tipo de flores.

Pimba e Cacau comentavam que aquela era a pior de todas as excursões da turma. Nada de macabro ou pelo menos emocionante poderia acontecer num lugar assim. Zazá e Úrsula, que estavam por perto, ouviram e concordaram. Aquele ar parado, nem um ventinho para atrapalhar o cabelo de ninguém, era mesmo sinal de que nada interessante poderia acontecer com eles.

Taquinho e Niquinho não esperavam encontrar um lugar tão vazio. Os mais incomodados com a calma, a falta de gente e o silêncio eram Jadico e Lucas Lauro. Enquanto isso, Gigi e Nini começavam, mas bem lentamente, a desfrutar da tranquilidade do ambiente.

Íris se sentou num banco diante do lago pequeno e raso. Era a única a apreciar de verdade o jardim. Tudo por ali era tão real, tão fácil de ser observado e entendido. Era um local onde certamente ninguém se surpreenderia com nada.

Charles sacudia a cabeça. Ele não estava decepcionado, porque sabia que no Jardim das Margaridas nada de extraordinário acontece. O mundo, aliás, era bem assim. Tudo era muito banal, muito previsível. As pessoas é que apelavam para a imaginação na esperança de que as coisas se tornassem mais interessantes.

Íris, então, descobriu uma pessoa sozinha num outro banco. E não é que aquela mulher estava acenando para ela?

– Pessoal, que surpresa! É a dona Dolores. Ela não foi para o tal chá das cinco. Veio para cá para se encontrar conosco, claro!

A meninada correu para abraçar a diretora, estranhando que ela tivesse um galo de tamanho considerável bem no meio da testa. Seu Gumercindo recomeçou seu canto, perto do final da música:

– "Apareceu a Margarida,
Olê, olê, olá..."

Canções citadas

[1] Onde está a Margarida? – canção popular tradicional.
[2] Alabum, ticabum – canção escoteira.

O autor

Arquivo pessoal

Apesar de morar na mesma cidade em que nasci, Belo Horizonte, vivi em outros lugares, como São Paulo, Rio de Janeiro e Paris. Já publiquei mais de 80 livros e trabalhei alguns anos na área de editoração. Sempre fui um leitor assíduo e apaixonado, o que me levou a fazer um doutorado em literatura.

Do mesmo jeito que me aventurei a viver em outras cidades, continuo tendo um grande prazer em viajar para conhecer lugares novos, onde posso ouvir (e, quando consigo, falar) outras línguas em cenários inesperados. Tão diverso, o mundo, ou as partes dele que pude conhecer, é fascinante. Igualmente fascinantes são os livros, sendo a literatura o jogo mais interessante que existe, pois é um desafio que entretém, emociona e ainda nos modifica, ao nos proporcionar um conhecimento que, sozinhos, não teríamos como obter.

Quando sou apenas um leitor, sinto uma grande identificação com aquilo que eu leio, na medida em que o conteúdo daquelas palavras vai me seduzindo. Eu me divirto bastante com certo tipo de livros nos quais os autores que admiro armam mistérios, desafiam minha atenção e provocam minha sensibilidade.

Ao mesmo tempo que gosto de ser surpreendido com a quebra de expectativas, eu me sinto muito à vontade com personagens que conheço de outras histórias.

Por essas razões quis partilhar com os leitores algo de minhas preferências no campo da leitura. Decidi criar uma série, usando suspense, provocando sustos, narrada com humor, na qual os mesmos personagens se reencontram em pequenas viagens para conhecer paisagens reais e interessantes, mas sendo atraídos pelas dimensões internas do sonho e da fantasia.

Chá das cinco traz de volta os treze alunos da mesma escola, a diretora Dolores e o motorista Gumercindo em mais uma aventura com muito mistério e magia. Desta vez eles se dividem entre o Jardim das Margaridas e o Raríssimo Antiquário, onde acontece um curioso chá às três da tarde, envolvendo cinco participantes.

Entrevista

Em *Chá das Cinco*, os alunos de Dona Dolores precisam ajudar Madame Marguerite a desencantar seus netos, enquanto a diretora participa de um curioso chá no Raríssimo Antiquário. Uma história de aventura criada por Lino de Albergaria, que agora nos conta um pouco mais sobre ela.

DONA DOLORES SEMPRE ADMIROU O RARÍSSIMO ANTIQUÁRIO, POIS ACREDITA QUE OBJETOS ANTIGOS GUARDAM HISTÓRIAS. VOCÊ TAMBÉM TEM A MESMA OPINIÃO?

• Tenho. Os objetos antigos, nos museus e nos antiquários principalmente, mostram não só o gosto de uma época como refletem um modo de vida. Há objetos de minha época que hoje parecem estranhos, mas, afetivamente, eram ligados ao meu dia a dia, como o toca-discos, o radinho de pilha, a máquina de escrever. Coisas que hoje nos parecem muito estranhas e que nos provocam curiosidade faziam parte do cotidiano de todos, por isso são capazes de despertar muitas lembranças.

AS EXCÊNTRICAS CONVIDADAS PARA O CHÁ DE PRISCILA VETUSTA VOLTAM A SER CRIANÇAS. ESTE TAMBÉM ERA UM DESEJO DE DONA DOLORES, EMBORA ELA TENHA PERMANECIDO ADULTA. POR QUE VOCÊ ACHA QUE TODO MUNDO TEM ESSA VONTADE DE VOLTAR À INFÂNCIA?

• Para a maior parte das pessoas, a infância está associada a lembranças felizes. Essas lembranças nos provocam nostalgia, por isso gostamos de rever certos lugares, como paisagens e antigas residências. Além disso, às crianças é permitido brincar, rir, se divertir a qualquer hora. Os adultos também têm nostalgia das brincadeiras, dos seus livros escolares, até das roupas que usavam e que hoje parecem tão fora de moda.

A cantiga popular "Onde está a Margarida?" percorre a narrativa toda, revelando até algumas partes do enredo. Você acha que as cantigas populares, assim como os objetos antigos, contam histórias de outras épocas?

• As cantigas populares têm origem muito antiga. Na minha história, "Onde está a Margarida?" é praticamente um roteiro para as aventuras da turma. Em francês tem uma canção popular com uma letra muito parecida. Provavelmente nosso folclore a importou daquele país. Por isso, madame Marguerite e seus netos têm nomes franceses e ela tem um sotaque com "erres" bem fortes.

Nas outras aventuras da turma, Charles mostrava não acreditar muito em mistérios, magia e no sobrenatural. Agora, ele parece mais aberto a aceitar que nem todas as coisas podem ser explicadas. A que você acha que se deve essa transformação?

• De tanto se expor a mistérios e a experiências fora da realidade, mesmo que depois eles se esqueçam delas, algo vai mudando a percepção de mundo de cada personagem. Neste livro, isto acontece com Charles, que deixa sua atitude habitual para começar a admitir que a vida pode ter surpresas para se vivenciar com uma disposição mais aberta.

Chá das cinco se assemelha muito a um conto de fadas. Houve alguma inspiração desse tipo de história?

• Os contos de fadas ou as histórias maravilhosas são consideradas as histórias mais antigas do mundo e fariam parte do inconsciente coletivo da humanidade, pois os mesmos temas aparecem em diversas épocas e lugares. Incorporam os sonhos e a magia, por isso são tão fascinantes. *Chá das cinco* é um conto de fadas contemporâneo, pois segue os passos tradicionais do gênero.